KB119660

kafka

Zerstreutes Hinausschauen
und andere Parabeln

Zerstreutes Hinausschauen und andere Parabeln
by Franz Kafka and Sebastian Guggolz (Editor)
Copyright for this edition ©S. Fischer Verlag GmbH,
Frankfurt am Main 2023

Korean Translation ©2024 by Wisdom House, Inc.
All rights reserved.
The Korean language edition published by arrangement with
S. Fischer Verlag GmbH through MOMO Agency, Seoul.

이 책의 한국어판 저작권은 모모 에이전시를 통해
S. Fischer Verlag GmbH 사와의 독점 계약으로 위즈덤하우스에 있습니다.
저작권법에 의해 한국 내에서 보호를 받는 저작물이므로
무단전재와 무단복제를 금합니다.

우연한 _____ 불행

Franz Kafka

프란츠 카프카

Zerstreutes Hinausschauen
und andere Parabeln

박종대 옮김　　　　위즈덤하우스

편집자 서문: 카프카의 비눗방울

프란츠 카프카는 1921년 10월 18일 일기에 이렇게 쓴다. "삶의 찬란함은 눈에 보이지 않는 저 멀고 깊은 곳에 있다. 하지만 적의도 없고, 내치지도 않고, 귀도 닫지 않은 채 가만히 누워 있다가 올바른 말, 올바른 이름으로 부르면 찾아온다. 이 마술의 본질은 창조하는 것이 아니라 부르는 것이다." 세계를 창조하는 것이 아니라 생각과 아이디어, 혹은 번개 같은 이미지를 불러내는 마술, 즉 카프카의 이 마술적 언어는 산문보다 운문에 가깝고, 소설보다 시에 더 친숙해 보인다. 부르기만 하고 창조하지는 않는 그의 언어는 말로 표현할 수 없는 것에 접근하는 간절한 기도문을 불러낸다.

카프카가 쓴 가장 짧은 글을 모은 이 책의 비유담들에

는 우리가 "카프카답다kafkaesque"라고 부를 만큼 그에게 전형적으로 나타나는 것들이 농축되어 있다. 이 짧은 텍스트들을 일화, 전설, 우화, 이미지화된 생각, 비유라 부를 수도 있고, 아니면 그냥 뭉뚱그려 관찰이라고 부를 수도 있다. 카프카의 이름으로 출간된 첫 책의 제목이《관찰Betrachtung》이다. 1912년 말에 발표된 이 책에는 이전의 문학계에서는 볼 수 없었던 18편의 짧은 작품이 수록되어 있다. 1924년 너무 일찍 세상을 떠나기 전까지 카프카는 장편과 중단편 외에 이런 비유담들을 꾸준히 썼다. 간혹 기도문만 연상시키는 것이 아니라 핵심을 찌르는 말로 종결짓는 금언을 떠올리게 하는 너무나 짧은 이야기들이다.

노르웨이의 노벨문학상 수상 작가 욘 포세Jon Fosse는 이렇게 쓴다. 카프카의 산문은 "기존의 다른 문학 작품들과 한데 묶일 수 없다. 비록 형식은 짧은 산문과 장편소설의 형태를 갖추고 있지만, 그만의 장르, 아니 그만의 장르들을 창조한 듯한 느낌이 든다." 현대문학의 암호이자 일종의 상징으로 자리 잡은 카프카라는 이름 뒤에는 많은 것이 모여 있다. 현대성의 전형적인 작가상으로서 카프카라는 인간, 친구 막스 브로트Max Brod가 카프카의 유언을 따르지 않아 다행히 살아남은 미완성 장편소설과 독보적인 중단편소설, 비길 데 없는 편지와 일기, 산문, 비유담에서 엿보이는 지난한 작업 과정 같은 것들이다. 욘 포세는 또다시 이렇게 덧붙인다. "카프카 이후와 이전의 글쓰기 및 읽기는 마치 그가 문학의 본질에 관한 전제를 바꾸기라도 한 듯 완전히 다르게 느껴진다. 그렇기에 내가 카프카의 영향을 받았다는 말은 잘못이다. 그의 문학은 오롯이 나의 문학에 대한 전제 조건으로 느껴지기 때문이다."

《특성 없는 남자Der Mann ohne Eigenschaften》의 작가 로베르트 무질Robert Musil은 한 서평에서 카프카의 짧은 이야기들을 "비눗방울"이라고 불렀다. 여기서 울려 퍼진 다양한 주제들이 이후 작품에서 반복적으로 다시 끄집어내져 좀 더 긴 분량으로 발전하고 구체화되는 것을 보면서 받은 인상을 그렇게 표현한 것이다. 작품의 형상화 과정은 한결같다. 사회적 현실은 대체로 무시되고, 가족을 제외한 사회적 맥락과 경제적 상황도 별다른 역할을 하지 않는다. 중요한 것은 실존 자체에 관한 생각이다. 주인공들은 방향을 잃고 동요하는 정신적 인간들로 등장하고, 사건이라는 것도 그게 있다고 한다면 주인공들과 우리의 머릿속에서 일어난다. 외부 세계는 마치 안갯속에 잠긴 듯 꿰뚫어 보는 것을 허용하지 않고, 주인공이 간파하거나 이해할 수 없거나 심지어 식별조차 불가능한 어떤 힘들에 지배당한다. 개별적인 세부 사항은 흐릿한 배경 속에서 갑자기 선명한 윤곽을 띠더니 이윽고 상징이 된다. 예를 들어 문은 다른 상태로의 전환이나 몰이해, 무기력함의 장소이자 상황이 된다. 카프카의 현존하는 첫 작품《어느 투쟁의 기록Beschreibung eines Kampfes》에서 정점에 이른 투쟁의 모티프는 비유담에서도 계속 반복해서 울려 퍼지고, 주로 인간의 내면에서 이루어지는 실존적 갈등의 상징이 된다. 1917년 가을, 그러니까 제1차 세계대전 중에 카프카는 쥐라우에서 연인 펠리체 바우어Felice Bauer에게 이렇게 쓴다. "당신도 알다시피 내 안에는 두 사람이 싸우고 있어요." 처벌과 책임, 수치심과 변신도 그의 짧은 산문들에 드러나는 주도적인 주제로서, 이후의 작품에 끊임없이 등장하면서 카프카의 우주를 명확히 경계 짓는다. 이 주제들의 실존적 성격에도 불구하고 무질이 말한 "비눗방울"의 이미지는 비유담들의 핵심을 정확히 포착한다. 이 이야기들에는 우연하고 찰나적인 것이 달라붙어 있고, 꿈이나 악몽처럼 이성적 논리가 아닌 카프카만의 문학적 논리가 지배한다. 바로 여기서 이야기의 긴장이 나오고, 이야기의 힘이 생성된다. 그러나 비유담들은 생성되자마자 사라지고, 분위기도 지나가버린다. 상황은 성찰 후에야 해결된다. 하지만 이 이야기들은 우리 독자들의 머리와 가슴, 그리고 꿈의 이미지 속에 이미 지울 수 없이 새겨진다.

제바스티안 구골츠Sebastian Guggolz (S. 피셔 출판사 편집자)

kafka

**Zerstreutes Hinausschauen
und andere Parabeln**

_____ 시골길 위의 아이들

나는 정원 울타리 옆으로 마차들이 지나가는 소리를 들었다. 때로는 살랑거리는 나뭇잎 사이로 마차가 보이기도 했다. 무더운 여름, 나무로 만든 바큇살과 끌채가 얼마나 삐거덕거리던지! 밭에서 일꾼들이 와서 창피한 일이라며 웃었다.

나는 부모님 집 정원의 나무 사이 작은 그네에 앉아 쉬고 있었다.

울타리 앞에서의 소란은 멈추지 않았다. 아이들이 뛰는 걸음으로 순식간에 지나갔다. 볏단 위에 걸터앉은 남자와 여자 들을 태운 마차들이 주변 화단에 그림자를 드리웠다. 저녁 무렵 나는 지팡이를 짚고 천천히 산책하는 한 신사를 보았다. 맞은편에서 팔짱을 끼고 다가오던 몇몇 소녀가 인사를 하고는 옆쪽 풀밭으로 들어갔다.

이어 새들이 물보라처럼 후다닥 날아올랐고, 그걸 뒤쫓던 내 눈에 새들이 공중으로 단숨에 치솟는 것이 보였다. 그러다 문득 새들이 날아오르는 것이 아니라 마치 내가 떨어지는 것 같은 느낌이 들어 나는 그네 밧줄을 꽉 붙잡았고, 그와 함께 그네가 약하게 움직이기 시작했다. 곧이어 그네를 좀 더 세게 굴리자 벌써 서늘한 바람이 불어오면서 날아오른 새들 대신 파르르 떠는 별들이 나타났다.

나는 촛불을 밝혀놓은 식탁에서 저녁을 먹었다. 피곤했는지 식탁 위에 두 팔을 올려놓고 버터빵을 씹을 때가 많았다. 뜨개질 장식이 많은 커튼이 따뜻한 바람에 불룩해졌고, 가끔 밖을 지나가던 누군가는 나를 보면서 말을 하고 싶었는지 양손으로 커튼을 잡았다. 대개 촛불은 금세 꺼졌고, 희뿌연 연기 속으로 모기들이 한동안 날아다녔다. 누군가 창밖에서 내게 이것저것 물으면 나는 마치 먼 산이나 허공을 보듯 그를 바라보았다. 묻는 사람도 딱히 대답에 신경 쓰지는 않았다.

그러다 누군가 창턱 위로 펄쩍 뛰어오르며 다른 애들은 집 앞에 벌써 다 모였다고 알리면 나는 한숨을 쉬고는 일어났다.

"아니, 왜 한숨을 쉬어? 무슨 일 있어? 다시는 좋아지지 않을 특별한 불행이라도 있어? 우리가 도저히 벗어날 수 없는 불행이야? 정말 모든 것이 끝장난 거야?"

당연히 세상은 끝장나지 않았다. 우리는 집 앞으로 달려갔다.

"어휴, 이제야 왔구나!"

"넌 정말 항상 늦어!"

"내가?"

"그래, 바로 너. 우리랑 놀기 싫으면 그냥 집에 있어."

"자비가 없어!"

"뭐? 자비가 없다고? 무슨 말을 그렇게 해?"

우리는 머리를 앞세우고 저녁으로 돌진했다. 낮 시간도 아니고 밤 시간도 아니었다. 때로 우리의 조끼 단추는 이빨처럼 마찰을 일으켰고, 때로 우리는 일정한 간격으로 열대 동물처럼 입에서 불을 내뿜으며 달렸다. 그 옛날, 말 위에 우뚝 서서 발을 구르던 전장의 흉갑기병처럼 우리는 좁은 골목길로 서로를 몰아댔고, 그렇게 내려가던 힘을 다리에 모아 시골길을 힘껏 올라갔다. 일부는 길 위 웅덩이로 들어갔고, 일부는 어두운 제방 앞에서 사라지자마자 어느새 저 위 들길에 이방인처럼 서서 우리를 내려다보았다.

"내려와!"

"너희가 먼저 올라와!"

"왜, 우리를 밀어버리게? 그 정도도 모를 줄 알아? 우리도 그만큼은 똑똑해."

"비겁한 자식들, 그게 무서워서 못 와? 어서 와, 와보라고!"

"정말? 우리를 밀어버리게? 너희 속셈을 모를 줄 알고?"

우리는 공격했고, 가슴이 떠밀려 길 웅덩이 풀 속에 누웠다. 자발적으로 쓰러지면서. 모든 것이 고르게 가열되었다. 우리는 풀 속에서 따뜻함도 차가움도 느끼지 못했다. 그저 나른할 뿐이었다.

오른쪽으로 돌아누워 귀밑으로 손을 넣었다는 것은 잠이 들고 싶다는 뜻이었다. 턱을 치켜들고 다시 한번 기운을 내보려고 했으나 오히려 더 깊은 수렁에 빠져들었다. 그러다 팔을 사선으로 뻗고 다리를 삐딱하게 올리며 공중으로 몸을 일으키려고 했으나 또다시 한층 더 깊은 수렁으로 떨어졌다. 우리는 도저히 이 과정을 멈출 수가 없었다.

마지막 웅덩이에서야 제대로 자려고 몸을 한껏 뻗었다. 특히 무릎 쪽을. 그런데 어떻게 몸을 뻗었는지 기억도 나기 전에 우리는 이미 울 것 같은 기분으로 병자처럼 등을 대고 바닥에 누워버렸다. 그러다 한 녀석이 허리에 팔꿈치를 대고 우리 머리 위에서 시커먼 발바닥을 보이고는 제방에서 도로로 뛰어내렸을 때 우리는 눈을 깜박거렸다.

달은 이미 적당히 높이 떠 있었고, 그 빛 속으로 우편 마차가 지나갔다. 잔잔한 바람이 곳곳에 일었고, 웅덩이 안에서도 느껴졌다. 인근 숲이 바스락거리기 시작했다. 혼자라는 사실이 더는 대수롭게 느껴지지 않았다.

"너희 어디 있어?"

"이리 와!"

"모두 모여!"

"너는 왜 숨어 있어? 장난질 그만둬!"

"우편 마차가 벌써 지나간 거 몰라?"

"뭐, 벌써 지나갔다고?"

"당연하지. 네가 자는 동안 지나갔어!"

"내가 잤다고? 말도 안 돼!"

"잔말 마. 얼굴에 다 씌어 있어."

"제발 그만해."

"이리 와!"

우리는 비 딱 붙어서 걸었고, 일부는 손을 잡았다. 내리막길이어서 머리를 충분히 치켜들 수 없었다. 한 녀석이 인디언 전투 함성을 내질렀고, 우리는 처음 경험하는 힘을 다리에서 느끼며 힘껏 질주했다. 펄쩍 뛰어오를 때마다 바람이 우리의 엉덩이를 들어주었다. 우리를 막을 수 있는 것은 아무것도 없었다. 우리는 추월할 때조차 서로 팔짱을 끼고 차분하게 주위를 둘러보며 달렸다.

급류 다리에서 우리는 걸음을 멈추었다. 앞서갔던 녀석들이 돌아왔다. 다리 밑의 물은 마치 벌써 늦은 저녁인 것처럼 바위와 뿌리에 세차게 부딪혔다. 다리 난간 위로 뛰어오르지 않을 이유가 없었다.

저 멀리 덤불 뒤에서 기차가 나왔고, 열차 칸마다 불이 밝혀졌으며, 유리창은 안전하게 내려져 있었다. 한 녀석이 유행가를 부르기 시작하자 우리 모두 따라 불렀다. 기차가 지나갈 때는 더 빨리 불렀고, 목소리만으로 충분하지 않을 때는 두 팔을 힘차게 흔들었다. 우리는 우리의 목소리로 포근하게 느껴지는 하나의 덩어리가 되어갔다. 자기 목소리를 남들 목소리에 섞어놓으면 하나의 낚싯바늘에 걸린 것 같았다.

이렇듯 우리는 숲을 등지고 머나먼 여행자들의 귓속으

로 노래를 불렀다. 마을 어른들은 아직 깨어 있었고, 어머니들은 잠자리를 준비하고 있었다. 벌써 잘 때가 되었다. 나는 옆에 서 있던 녀석에게 입을 맞추었고, 다른 세 녀석에게는 그냥 손만 내밀고는 왔던 길을 도로 뛰어가기 시작했다. 아무도 나를 부르지 않았다. 녀석들이 더 이상 보이지 않는 첫 번째 갈림길에서 나는 방향을 틀어 들길 따라 다시 숲속으로 달렸다. 남녘의 도시 방향이었는데, 우리 마을에서는 이 도시에 대해 이렇게 말했다.

"그곳에도 사람들이 있어. 명심해, 그곳 사람들은 잠을 안 자!"

"왜 안 자?"

"피곤하지 않거든."

"왜 피곤하지 않아?"

"바보거든."

"바보들은 피곤하지 않아?"

"바보들이 어떻게 피곤하겠어!"

____ 어설픈 사기꾼의 가면을 벗기다

저녁 10시경, 나는 예전에 막연하게만 알고 지내던 한 남자와 함께 내가 초대받은 파티가 열리는 화려한 저택 앞에 마침내 도착했다. 그전에 난데없이 나타나 나와 합류한 남자는 두어 시간이나 나를 골목길로 끌고 다녔다.

"자!" 나는 이렇게 내뱉으며 무조건 여기서 헤어져야 한다는 뜻으로 손뼉을 쳤다. 애매하기는 했지만 이미 몇 번 그런 시도를 했다. 하지만 이제는 몹시 피곤했다. "지금 올라가시려고요?" 그가 물었다. 나는 그의 입에서 이가 맞부딪치는 소리를 들었다.

"네."

나는 곧장 초대를 받았다고 말했다. 여기 이렇게 대문 앞에 서서 상대의 얼굴을 비켜 보지 말고, 진작 가고자 하는 곳으로 올라갔어야 했다. 혹은 마치 이 지점에 한참 더 머물기로 결심이라도 했다는 듯이 이렇게 묵묵히 계속 서 있지 말고 말이다. 주변 집들은 물론이고 심지어 머리 위의 별들에 이르는 어둠까지 이 침묵에 즉시 가담하고 있었다. 행선지를 알고 싶은 마음조차 들지 않는, 보이지 않는 보행자들의 발소리, 맞은편 길에서 계속 밀려오는 바람 소리, 어떤 방의 닫힌 창문에 부딪히는 축음기 음악 소리, 이 모든 것이 마치 예전부터 영원히 그들의 소유라도 되는 것처럼 침묵 속에서 편안하게 들렸다.

내 동행자는 자신의 처지를 받아들였고, 살짝 미소를 짓고는 나의 처지도 받아들였다. 그는 벽을 따라 오른팔을 쭉 뻗더니 눈을 감은 채 얼굴을 팔에 기댔다.

그러나 나는 불현듯 수치심에 휩싸여 미소를 끝까지 보지 못했다. 앞에 있는 작자가 어설픈 사기꾼이라는 사실을 이 미소를 보고 깨달은 것이다. 나는 벌써 몇 달 전부터 이 도시에 머물렀고, 이런 사기꾼들을 속속들이 알고 있다고 믿었다. 그들이 밤중에 뒷골목에서 나와 손을 내미는 모습이든, 여관 주인이 우리에게 접근하는 방식이든, 아니면 우리가 서 있는 광고탑 주변을 어슬렁거리다가 마치 숨바꼭질하듯 둥근 기둥 뒤에 숨어서 우리를 염탐하는 모습이든, 그러다 우리가 뭔가 초조해하는 기색을 보이면 갑자기 사거리 인도 가장자리에서 우리 앞에 불쑥 나타나는 모습이든 할 것 없이 말이다! 나는 그만큼 그들을 잘 알고 있었다. 그들은 내가 이 도시의 작은 여관들에 머물 때 처음 알게 된 사람들이었다. 내가 처음 볼 때 호락호락하지 않은 인상을 풍기게 된 것도 이들 덕분이었다. 이런 태도는 벌써 내 속에서 느껴지기 시작할 정도로 이제 내게 없어서는 안 될 것으로 여겨졌다. 그런데 우리가 오래전에 그들에게서 도망쳤음에도, 그러니까 더 이상 붙잡힐 여지를 주지 않았음에도 그들은 여전히 불쑥불쑥 나타났다. 그들은 주저앉지도 넘어지지도 않았고, 그저 멀리서라도 여전히 확신에 찬 눈으로 우리를 바라보았다. 그들의 수법은 늘 똑같았다. 우리 앞에 최대한 넓게 버티고 서서 우리가 가려는 곳으로 가지 못하게 막고는, 대안으로서 자기 가슴속의 집을 보여주었다. 그러다 마침내 우리 안에 모인 감정이 불끈 솟구치면 그것을 두 팔 벌려 받아들이면서, 얼굴부터 들이밀고 달려들었다.

나는 이 오래된 장난을 이번에는 한참 동안 같이 있고 나서야 알아차렸고, 수치심을 들키지 않으려고 손가락 끝을 비볐다.

남자는 이전과 같이 기대서서 여전히 자신을 사기꾼이라 여기고 있었다. 자신의 운명에 대한 만족감이 그의 뺨을 붉게 물들였다.

"알았어요!" 나는 이렇게 말하고 그의 어깨를 가볍게 톡톡 두드렸다. 그러고는 계단을 올라갔다. 위층 대기실에 있던, 이유 없이 충직한 하인들의 얼굴이 마치 유쾌한 깜짝 선물처럼 나를 기쁘게 했다. 그들이 내 외투를 받아 들고 내 부츠의 먼지를 터는 동안 나는 그들을 하나씩 차례로 살펴보고는 안도의 한숨을 내쉬며 허리를 쭉 펴고 홀에 들어섰다.

____ 갑작스런 산책

마침내 저녁에 집에 머물기로 마음이 정해진 것 같아서 실내 가운으로 갈아입고 저녁 식사 후 불 켜진 테이블에 앉아 이런저런 일이나 놀이를 하고, 그게 끝나면 습관처럼 잠자리에 들기로 했을 때, 바깥 날씨가 좋지 않아 집에 머무는 게 당연하게 느껴질 때, 테이블에 너무 오래 함께 앉아 있어서 이제 외출하는 것이 모두에게 놀라움을 자아낼 것 같을 때, 계단실도 이미 어두워지고 대문도 단단히 잠겼을 때, 이 모든 것에도 불구하고 갑자기 불편함을 느끼고 자리에서 일어나 실내 가운을 외출복으로 갈아입은 뒤에 나타나 밖으로 나가야겠다고 선언하고 실제로 짧은 작별 인사와 함께 신속하게 현관문을 쿵 닫고는 이 행동으로 남은 사람들에게 어느 정도 불쾌감을 안겨줬을 거라고 짐작될 때, 거리로 나와 이것으로 주어진 뜻밖의 자유를 특별한 민첩성으로 반응하는 팔다리에서 느낄 때, 이 한 번의 결정 속에 자기 안의 모든 결정 능력이 하나로 모였다고 느낄 때, 이 빠른 변화를 쉽게 이끌어내고 견디는 데 평소 생각보다 더 큰 힘이 스스로에게 있음을 명확하게 깨달을 때, 이런 심정으로 긴 골목길을 걸을 때 우리는 그날 저녁 집에서 완전히 벗어나 가족을 한순간에 실체 없는 존재로 만들고, 반면에 우리 자신은 허벅지에 힘을 느끼며 흐릿한 윤곽선에서 진정한 실체로 선명하게 우뚝 거듭난다. 이런 느낌은 이 늦은 저녁 한 친구가 잘 지내는지 살펴보려고 그를 찾아갈 때 더욱 커진다.

_____ 결심

의지만 있으면 비참한 상태에서 벗어나는 것은 쉽다. 소파에서 벌떡 일어나 테이블 주위를 돌아다니고, 머리와 목을 움직이고, 눈에 불을 켜고, 눈 주위의 근육을 긴장시킨다. 일어나는 온갖 감정에 맞서고, A가 지금 오면 열정적으로 인사하고, B가 내 방에 들어오면 너그럽게 인내하고, C의 말을 받아들이는 것이 아무리 힘들고 고통스럽더라도 긴 숨을 내쉬며 그대로 받아들이면 된다.

그러나 그럴 때조차도 실수는 피할 수 없고, 그럴 때마다 쉬운 일이든 어려운 일이든 모든 것이 멈춰버리고, 나는 다시 원점으로 돌아갈 수밖에 없다.

그렇기에 최선의 충고는 모든 것을 받아들이고, 무덤덤한 덩어리처럼 행동하라는 것이다. 스스로를 후 불면 날아갈 재처럼 생각하고, 어떤 불필요한 걸음도 강요하지 말고, 타인을 동물의 눈으로 바라보고, 후회하지 말아야 한다. 간단하게 말해서, 유령처럼 삶에 아직 남아 있는 것을 손으로 짓이겨버리고, 마지막 무덤 같은 휴식을 늘리고, 그 외에는 더 이상 아무것도 남지 않게 하라는 것이다.

이런 상태의 특징적인 움직임은 새끼손가락으로 눈썹 위를 쓱 훑는 것이다.

산 소풍

"모르겠어." 나는 아무 울림 없이 소리쳤다. "정말 모르 겠어. 아무도 오지 않으면, 그래, 그건 정말 아무도 오지 않는 거야. 나는 누구에게도 나쁜 짓을 하지 않았고 누구 도 내게 나쁜 짓을 하지 않았지만, 나를 도와주려는 사람 은 없어. 정말 아무도. 하지만 그렇지 않아. 아무도 나를 도와주지 않는다는 것만 빼면 '아무도 없는 것Nobody'은 근사해. 나는 노바디와 함께 산으로 소풍 가고 싶어. 안 될 이유가 어디 있어? 게다가 간다면 산이어야 해. 거기 말고 어디를 가겠어? 북적대는 노바디들, 엇갈리게 뻗거나 팔 짱을 낀 그 많은 팔들, 자잘한 걸음으로 나누어진 그 많은 발들! 다들 연미복을 입고 있는 건 당연해. 우리는 그렇게 흥겹게 걷고, 우리 팔다리 사이의 벌어진 틈으로 바람이 스쳐 지나가. 산에서는 목이 자유로워! 노래를 부르지 않 는 것이 이상해."

_____ 독신자의 불행

독신으로 남는 것은 퍽 고약한 듯하다. 어느 날 저녁 사람들과 어울리고 싶어 체면을 구겨가면서까지 이 늙은이를 끼워달라고 부탁하거나, 몸이 아프거나, 몇 주 동안 침대 구석에서 텅 빈 방을 바라보거나, 늘 현관문 앞에서 작별하거나, 한 번도 자기 여자와 함께 계단을 비집고 올라간 적이 없거나, 자기 방에 남의 집으로 통하는 옆문만 있거나, 야식을 한 손에 들고 집으로 가져가거나, 남의 집 아이들을 보고 감탄하면서도 줄곧 "나는 없는데, 나는 없는데" 하는 말을 되풀이하지 않거나, 혹은 청춘 시절의 기억에 남아 있는 한두 명의 독신자에 따라 외모를 꾸미고 행동하는 것은.

그리 될 것이다. 실제로 오늘이나 나중에라도 누구나 그런 처지에 빠질 것이다. 몸뚱이와 진짜 머리, 그러니까 손으로 찰싹 때릴 수 있는 이마만 있으면.

____ 상인

어떤 이들은 나를 불쌍하게 여길지 몰라도 나는 전혀 그렇게 느끼지 않는다. 물론 이 작은 사업체 때문에 내 이마와 관자놀이 안쪽은 늘 지끈거리는 걱정거리로 가득 채워져 있고, 나를 행복하게 해줄 전망은 전혀 보이지 않지만.

나는 몇 시간 전에 미리 결정을 내려야 하고, 하인들의 기억을 일깨우고, 염려스러운 실수를 경고하고, 한 시즌에 다음 시즌의 유행을 예측해야 한다. 그것도 내 주변 사람들 사이에서 유행할 것들이 아니라 우리가 모르는 이 나라 주민들 사이에서 유행할 것들을.

내 돈은 낯선 사람들이 갖고 있다. 나로선 그들의 상황을 알 수 없다. 그들에게 어떤 불행이 닥칠지도 예측할 수 없다. 그런 내가 그들의 불행을 어떻게 막을 수 있을까! 어쩌면 그들은 내 돈을 흥청망청 탕진할 수도 있고, 술집 정원에서 파티를 열 수도 있다. 혹은 어떤 이들은 미국으로 잠시 도피해 파티를 열고 있을지 모른다.

평일 저녁 상점 문이 닫히고, 갑자기 사업상의 부단한 요구를 위해 내가 할 수 있는 것이라고는 없는 몇 시간이 눈앞에 다가오면 내가 아침 일찍 미리 보내놓은 흥분이 밀물처럼 내 속으로 득달같이 돌아오지만 결국은 거기서 오래 버티지 못하고 목표도 없이 나를 잡아채 간다.

그러나 나는 이 변덕을 전혀 이용하지 못하고 그저 집으로 걸어갈 수밖에 없다. 왜냐하면 내 얼굴과 손은 더러운 데다 땀에 절어 있고, 옷은 먼지투성이에다 지저분하고, 머리엔 여전히 업무용 모자를 쓰고 다리엔 상자 못에 긁힌 부츠를 신고 있기 때문이다. 결국 나는 파도 위를 걷듯 걸어가고, 양쪽 손가락을 달그락거리고, 맞은편에서 오는 아이들의 머리를 쓰다듬는다. 그러나 이 길은 짧다. 나는 곧 집에 도착하고, 승강기 문을 열고 들어선다.

나는 이제 갑자기 혼자라는 사실을 알아챈다. 계단으로 올라가야 하는 다른 이들은 올라가느라 조금 지치고, 누군가 자기 집 문을 열어줄 때까지 숨을 헐떡거리면서 기다리고, 그 과정에서 울화나 조바심이 치밀 일이 생기고, 이어 현관에 들어서 모자를 걸고, 복도를 따라 유리문 몇 개를 지나 자기 방에 들어서서야 비로소 혼자가 된다.

그런데 나는 지금 승강기 안에 혼자고, 무릎을 굽힌 채 길쭉한 거울을 들여다본다. 승강기가 올라가기 시작하자 나는 이렇게 말한다. "가만있어, 뒤로 물러나. 너희는 나무 그늘 속으로, 주름진 창문 커튼 뒤로, 아치형 정자 속으로 들어가려고 해?"

나는 이를 악물고 말한다. 계단 난간이 희뿌연 유리창을 지나 폭포수처럼 아래로 미끄러진다.

"어서 날아가! 한 번도 본 적이 없는 너희의 날개가 너희를 마을 골짜기나, 원한다면 파리로 데려다주기를.

거리 세 곳 모두에서 행렬이 다가와 서로 피하지 않고 뒤죽박죽 엉키더니 마지막 줄들 사이에서 자유로운 공간이 다시 생겨나는 창밖의 풍경을 즐겨라. 스카프를 흔들고, 경악하고, 감동받고, 지나가는 아름다운 여인을 찬양하라.

나무다리로 개천을 건너고, 목욕하는 아이들에게 고개를 끄덕여주고, 저 멀리 철갑선 위에서 선원들이 내지르는 환호 소리에 감탄하라.

초라한 행색의 남자를 쫓아라. 그런 다음 성문 안쪽으로 밀어 넣고 가진 것을 빼앗은 뒤 각자 양손을 주머니에 찔러 넣고 남자가 슬픈 표정으로 왼쪽 골목으로 걸어가는 것을 지켜보라.

흩어져 말을 타고 질주하는 경찰들이 이 동물들을 길들이고 너희를 몰아낸다. 그들을 내버려둬라. 텅 빈 골목이 그들을 불행하게 만들리라는 것을 나는 알아. 그들은 벌써 짝을 지어 달려간다. 천천히 길모퉁이를 돌아 광장 위로 날아가듯이."

이어 나는 내리고 승강기를 내려보내고 초인종을 누른다. 소녀가 문을 열고, 나는 인사한다.

_____ 멍하니 창밖을 내다보다

급히 다가오는 이 봄날에 우리는 이제 무엇을 하게 될까? 오늘 새벽에는 하늘이 흐렸다. 하지만 이제 창가에 다가가면 깜짝 놀라 창 손잡이에 뺨을 대게 된다.

밑에서는 벌써 기우는 태양이 두리번거리며 걸어가는 어린 소녀의 얼굴을 비추고, 그와 동시에 뒤에서 더 빠른 걸음으로 다가오는 남자의 그림자가 소녀의 얼굴에 드리우는 것이 보인다.

이어 남자는 벌써 지나가고, 아이의 얼굴은 무척 밝아진다.

_____ 집으로 가는 길

폭풍우가 그친 뒤 대기의 설득력을 보라! 나의 공로가 내게 나타나고, 내가 저항하지 않는데도 나를 압도한다.

나는 행진한다. 나의 속도는 골목 이편, 이 골목, 이 동네의 속도다. 나는 집집마다 문을 두드리는 손과 테이블 상판을 두드리는 손, 모든 건배사, 침대 위의 연인들, 신축 건물의 비계飛階, 집들의 벽에 짓눌린 어두운 골목, 유곽의 긴 소파, 이 모든 것에 마땅히 책임이 있다.

나는 내 미래에 비해 내 과거를 높이 사지만, 둘 다 아주 훌륭하다고 생각하고 둘 중 어느 하나만을 선호하지 않는다. 다만 내게 그토록 은혜를 베푼 섭리의 불의만을 탓해야 한다. 나는 방에 들어와서야 잠시 생각에 잠긴다. 계단을 오르는 동안 생각할 만한 것을 발견한 것도 아닌데 말이다. 창문을 활짝 열어젖혀 보아도, 어느 정원에서 아직 음악 소리가 흘러나와도 내게는 별 도움이 되지 않는다.

_____ 달려서 지나가는 자들

밤중에 골목을 산책하고 있는데 멀리서 한 남자가 보인다. 보름달이 뜬 데다가 우리 앞의 골목길이 오르막이기 때문이다. 우리를 향해 헐레벌떡 달려오는 남자를 보면 우리는 그가 약하고 너덜너덜해 보여도, 그리고 누군가 고함을 지르며 뒤쫓는 사람이 있더라도 남자를 붙잡지 않고 그냥 지나가도록 놔둘 것이다.

밤이기 때문이다. 보름달이 뜨고 우리 앞의 골목길이 오르막인 게 우리 책임은 아니다. 게다가 어쩌면 저 두 사람은 지금 추격 놀이를 하는 것일 수 있고, 어쩌면 둘이 합심해서 또 다른 남자를 쫓고 있을 수도 있으며, 또 어쩌면 첫 번째 남자는 죄 없이 쫓기고 두 번째 남자가 그를 죽이려고 한다면 우리는 살인의 공범이 될 수 있고, 어쩌면 두 사람은 서로 전혀 모르는 사이로 각자 자기 침대를 향해 달려가고 있을지도 모르고, 어쩌면 두 사람은 몽유병자일 수 있고, 어쩌면 첫 번째 남자가 무기를 갖고 있을지도 모른다.

마지막으로 우리가 너무 지쳤거나 와인을 너무 많이 마신 것은 아닐까? 아무튼 두 번째 남자가 더 이상 보이지 않아 기쁘다.

____ 승객

　나는 전차 안 출입구에 서 있다. 이 세상, 이 도시, 가족 안에서의 내 위치를 고려하면 지극히 불안하다. 나는 어떤 방향으로 어떤 요구를 할 정당한 권리가 있는지 그냥 지나가는 말로라도 말할 수 없을 듯하다. 게다가 내가 지금 이 전차 안에 서 있고, 이 올가미를 붙잡고, 이 전차가 나를 실어 나르고, 또한 사람들이 전차를 피하거나 조용히 걷고, 혹은 상점 진열창 앞에 멈춰 서는 것조차 뭔가 마땅히 변호해줄 말이 없다. 물론 아무도 내게 그걸 요구하지 않지만 그런 건 상관없다.

　전차가 정류장에 가까워지고, 한 아가씨가 내릴 준비를 하고 계단 근처에 서 있다. 마치 내 손에 닿을 듯 선명하게 느껴진다. 그녀는 검은 옷을 입고 있다. 스커트 주름은 거의 움직이지 않고, 꽉 끼는 블라우스 목깃에 흰색 망사 레이스가 달려 있으며, 왼손은 벽에 평평하게 붙이고, 오른손에 든 우산은 위에서 두 번째 계단에 걸쳐져 있다. 얼굴은 갈색이고, 옆으로 살짝 눌린 코는 둥글고 펑퍼짐하게 내려간다. 갈색 머리는 풍성하고, 오른쪽 관자놀이에는 솜털이 희미하게 보인다. 작은 귀는 얼굴에 바짝 붙어 있지만, 가까이 서 있던 내 눈에는 오른쪽 귓바퀴의 뒷면 전체와 귀뿌리의 그림자가 보인다.

당시 나는 이런 의문이 들었다. 그녀는 어째서 그런 자신을 의아하게 생각하지 않는 것일까? 어째서 입을 꾹 다물고 그런 말을 하지 않는 것일까?

_____ 드레스

아름다운 몸 위에 아름답게 걸친, 각종 주름과 물결 모양 장식, 다양한 장신구가 달린 드레스를 보면 나는 이런 생각이 들 때가 많다. 이런 옷은 이대로 계속 유지되지 않을 터고, 언젠가는 더 이상 반반하게 펴지지 않는 구김이 생길 것이고, 더는 제거되지 않을 먼지가 장신구에 두껍게 내려앉을 것이다. 또한 아무도 이 값비싼 드레스를 매일같이 아침에 입고 저녁에 벗는 것 같은 슬프고도 우스꽝스러운 짓거리는 하려고 들지 않을 것이다.

그러나 나는, 외모가 아름답고 매력적인 근육과 아담한 뼈, 팽팽한 피부, 얇은 머리카락 다발을 보여주지만 날마다 자연스러운 가면 같은 이 드레스를 입고 나타나고, 항상 똑같은 얼굴을 똑같은 손바닥에 대고서 거울에 비쳐보는 아가씨들을 본다.

다만 가끔 파티에서 늦게 돌아오는 저녁때만 그들에게도 이 드레스가 거울 속에서 낡아빠지고, 퉁퉁 부어 있고, 먼지에 절고, 이미 모든 사람에게 노출되어 더는 입을 수 없을 것처럼 보인다.

_____ 거절

내가 아름다운 아가씨를 만나 "괜찮다면 나와 함께 가요" 하고 부탁하는데도 그녀가 묵묵히 지나쳐 간다면 그 뜻은 이렇다.

"당신은 명성이 높은 공작도 아니고, 인디언의 몸과 저울처럼 잔잔한 눈, 초원을 가로지르는 강의 공기로 단련된 피부를 가진 건장한 미국인도 아니고, 그렇다고 내가 어디 있는지도 모르는 머나먼 대양으로 여행을 갔다 온 사람도 아니에요. 그런 당신을 나처럼 아름다운 여자가 왜 따라가야 하죠?"

"당신이 잊고 있는 게 있군요. 당신은 살랑살랑 긴 호흡으로 당신을 태우고 골목길을 지나갈 차가 있는 사람이 아니에요. 게다가 당신 뒤에서 정확하게 반원을 유지한 채 당신에게 축복의 말을 중얼거리며 당신 드레스에 찰싹 붙어서 쫓아가는 신사들도 보이지 않아요. 당신의 가슴은 코르셋 속에 정연히 보관되어 있지만, 당신의 허벅지와 엉덩이는 그런 절제를 몰라요. 당신은 지난가을 우리 모두에게 즐거움을 준 그 멋진 주름 장식의 태피터 드레스를 입고 있지만, 가끔 짓는 당신의 미소는 당신 몸에 치명적인 위협이에요."

"예, 우리 둘 다 맞아요. 그런 사실을 반박할 수 없을 만

035

큼 명확히 깨닫기 전에 각자 혼자 집으로 돌아가는 게 낫
지 않을까요?"

_____ 경마 기수騎手에 대한 성찰

가만 생각해보면 경주에서 1위를 해야 할 이유가 없다.

한 나라 최고 기수로 인정받는 영광의 기쁨은 오케스트라의 축하 연주가 시작되는 순간에는 몹시 강렬하지만, 다음 날 아침이면 바로 후회가 밀려든다.

우리의 적들, 그러니까 교활하고 상당히 영향력 있는 사람들의 시기와 질투는 우리가 좁은 트랙에서 선두로 치고 나갈 때 이미 우리를 아프게 한다. 우리 앞에는 한 바퀴나 뒤처져 지평선 가장자리에서 평원을 달려가는 몇몇 기수들 말고는 아무도 없다.

우리의 많은 친구들은 상금을 받으려고 한갓진 창구로 달려가고, 그저 어깨너머로만 우리에게 만세를 외친다. 반면에 우리의 가장 좋은 친구들은 우리 말에 돈을 걸지 않았다. 우리가 져서 돈을 잃으면 우리에게 속이 상할까 두려워서다. 그런데 이제 우리 말이 일등으로 들어와 돈을 벌지 못했기에 우리가 선두로 지나가는 순간에는 고개를 돌리고 관중석만 바라본다. 뒤처진 경쟁자들은 안장에 굳건히 앉아 자신들에게 닥친 이 불행과 자신들에게 가해진 이 불의를 이해하고자 애쓴다. 그들은 마치 새로운 경주가 시작되어야 할 것처럼, 이 아이들 장난 뒤에 정말 진지한 게임이 시작되어야 할 것처럼 생기발랄한 표정을 짓는다.

승자는 많은 여성의 눈에도 우스꽝스러워 보인다. 어깨에 잔뜩 힘이 들어간 승자가 어쩔 줄 몰라 하며 쉼 없이 악수하고 경례하고 목례하고, 멀리 있는 사람들에게 인사하는 모습이 우습기 때문이다. 반면에 패자들은 입을 꾹 다물고, 대개 히힝 울어대는 말들의 목덜미를 가볍게 톡톡친다. 심지어 마지막에는 흐려진 하늘에서 비까지 내리기 시작한다.

_____ 골목 창

쓸쓸하게 살지만 가끔 어디에선가 사람들과의 연결고리를 찾고 싶다면, 혹은 하루 시간의 변화를 고려해서 날씨와 직업적 상황을 비롯해 그 비슷한 것들에 자신이 기댈 수 있는 누군가의 팔을 즉각 발견하고 싶다면 골목 창 없이는 불가능할 것이다. 그 사람이 만일 아무것도 찾지 못한 채 단지 지친 남자로서 관객과 하늘 사이로 눈을 굴리며 창가에 다가서고, 원치는 않지만 고개를 약간 뒤로 젖힌다면 창문 아래에서는 말들이 마차와 소음, 그리고 마침내 인간의 화합을 그에게 가져다준다.

_____ 인디언이 되고픈 소망

우리가 인디언이라면 즉시 상상의 나래를 펴서, 달리는 말 위에서 공중으로 몸을 비스듬히 기울이고, 흔들리는 땅 위에서 계속해서 잠깐씩 몸의 떨림을 느끼고, 그러다 박차가 없기에 박차를 버리고, 고삐가 없기에 고삐를 버리고, 눈앞의 땅이 고르게 풀을 깎아놓은 황야처럼 보이자마자 말의 목과 머리가 사라진다.

나무들

왜냐하면 우리는 눈 속의 나무줄기 같기 때문이다. 이 것들은 겉으론 매끄럽게 누워 있고, 조금만 힘을 가하면 밀어낼 수 있을 듯하다. 그러나 생각대로 되지 않는다. 그 것들은 땅에 단단히 묶여 있기 때문이다. 하지만 보라, 그 조차 겉으로만 그럴 뿐이다.

_____ 불행하다는 것

11월의 어느 저녁, 도저히 더는 견딜 수가 없어 나는 방의 길쭉한 카펫 위를 마치 꼉주로처럼 서성이다가 가로등이 켜진 골목 풍경에 깜짝 놀라 다시 몸을 돌려 방 안 깊숙이 돌아와 거울 먼 안쪽에서 다시 새로운 목표가 생겨 비명을 질렀다. 아무 응답도 없고, 내지르는 소리의 힘도 전혀 사라지지 않고, 잠잠해졌을 때조차 그치지 않고 균형추 없이 높아지기만 하는 이 비명이 들렸을 때 벽에서 황급히 문이 열렸다. 무슨 급한 일이 있었기 때문이다. 심지어 저 아래 포석에서는 마차를 끄는 말들까지 꼭 전장의 흥분한 전마인 듯 히힝 소리를 내지르며 벌떡 앞발을 치켜들었다.

한 아이가 작은 유령의 모습으로 램프가 아직 켜지지 않은 칠흑 같은 복도에 스르르 나타나더니 눈에 보이지 않게 흔들리는 바닥 들보 위에 발끝으로 서 있었다. 아이는 방의 어스름한 불빛에 눈이 부시는지 재빨리 얼굴을 양손으로 감싸려고 하다가 돌연 창밖을 보며 진정했다. 창살 앞 어둠 속에서는 가로등 불빛 아래 안개가 피어오르고 있었다. 유령은 열린 문 앞의 벽에 오른쪽 팔꿈치를 기댄 채 꼿꼿하게 서서 바깥 공기가 발목과 목, 관자놀이 쪽으로 불어 들어오게 했다.

나는 아이를 흘낏 바라보며 "안녕하세요!" 하고 말하고
는 벽난로 차열판遮熱板에 걸쳐둔 저고리를 집어 들었다.
이렇게 반쯤 벗은 채로 서 있기는 싫었기 때문이다. 나는
흥분이 입 밖으로 새어 나가도록 잠시 입을 벌리고 있었
다. 나쁜 침이 입안에 고였고, 얼굴에서는 속눈썹이 파르
르 떨렸다. 요컨대, 기대해 마지않던 바로 그 방문이었다.

아이는 여전히 벽 옆의 같은 자리에 서서 오른손을 벽
에 대고는 볼이 빨갛게 달아오른 채로 알갱이가 보일 만
큼 거칠게 회칠된 흰 벽을 지치지 않고 열심히 손끝으로
문지르고 있었다. 내가 말했다. "정말로 나한테 오려는 거
예요? 실수 아닌가요? 이 커다란 집에서는 실수보다 쉬운
게 없어요. 내 이름은 누구누구고 4층에 살아요. 당신이
찾아온 사람이 나인가요?"

"진정해요, 진정해!" 아이가 어깨 너머로 말했다. "잘못
된 건 하나도 없으니까."

"그럼 방으로 들어와요. 문을 닫고 싶어요."

"내가 방금 닫았어요. 그러니 괜한 수고 말고 안심하세
요."

"수고라고까지 할 게 있나요. 하지만 이 층에는 사람이
많이 살아요. 다들 내 지인들이죠. 지금 시간쯤이면 대부
분 가게에서 돌아와요. 만일 어떤 방에서 말소리가 들리
면 문을 열고 무슨 일이 있는지 살펴볼 권리가 있다고 생
각하는 사람들이죠. 항상 그래요. 하루 노동을 끝낸 사람

들이 저녁의 일시적인 자유 시간에 누구한테 복종하겠습니까! 그건 당신도 알고 있잖아요. 그러니 문을 닫게 해주세요."

"대체 왜 그래요? 뭐가 문제죠? 이 건물에 사는 사람이 다 들어온다고 해도 난 싱긴없어요. 다시 한번 말하지만 문은 내가 벌써 닫았어요. 당신만 문을 닫을 수 있다고 생각하세요? 심지어 난 열쇠로 잠그기까지 했어요."

"그렇다면 다행이군요. 나는 더는 바라는 게 없어요. 그렇다고 열쇠로 잠글 필요까지는 없었어요. 아무튼 이왕 들어왔으니 편하게 지내세요. 당신은 내 손님이에요. 나를 믿으세요. 불안해할 필요 없어요. 그냥 편하게 지내세요. 여기 계속 있어달라고 하지도 않을 테고, 나가달라고 강요하지도 않겠어요. 내가 이런 말을 먼저 해야 하나요? 당신은 나를 그렇게 나쁘게 생각하나요?"

"아뇨, 그런 말은 할 필요가 없었어요. 아니, 하지 말았어야 해요. 나는 아이예요. 이런 아이를 왜 이렇게 귀찮게 하냐고요?"

"화내지 말아요. 당신은 당연히 아이예요. 하지만 그렇게 어린아이는 아니에요. 당신은 벌써 다 컸어요. 당신이 소녀라면 이렇게 아무렇지도 않게 나하고 한방에 있어선 안 되죠."

"우리 그런 걱정은 하지 않기로 해요. 다만 이 말은 하고 싶었어요. 내가 당신을 잘 안다고 해서 그게 나를 보호해주지는 않겠지만, 어쨌든 당신이 나를 속이려고 굳이 애쓸 필요는 없게 할 거예요. 그런데도 당신은 내 비위를 맞추려고 해요. 그러지 말아요. 청하건대 제발 그러지 말아요. 게다가 난 당신을 속속들이 알지 못해요. 특히 이런 어둠 속에서는요. 불을 켜는 것이 더 나을지도 모르겠네요. 아니, 그러지 않는 게 좋겠어요. 어쨌든 당신이 이미 나를 위협했다는 사실은 기억하고 있어요."

"네? 내가 당신을 위협했다고요? 말도 안 되는 소리. 난 당신이 마침내 여기에 와서 얼마나 기쁜지 몰라요. '마침내'라고 말한 건 오랫동안 기다렸다는 뜻이에요. 당신이 왜 이렇게 늦게 왔는지 나로선 이해가 안 돼요. 아무튼 내가 너무 기쁜 나머지 횡설수설하는 바람에 당신이 내 말을 오해했을 수는 있어요. 내가 그렇게 말한 건 백번 인정하고, 당신이 원하는 걸로 당신을 위협했어요. 맙소사, 이런 걸로 싸우지 말아요! 어떻게 그렇게 생각할 수 있죠? 어떻게 내 마음을 이렇게 아프게 할 수 있냐고요? 당신이 여기 머무는 이 짧은 시간을 왜 이런 폭력으로 망치려고 하죠? 낯선 사람이 당신보다 오히려 더 호의적일 겁니다."

"나도 그리 생각해요. 그건 지혜로운 일이 아니었어요. 본성적으로 이미 나는 낯선 사람이 당신에게 다가갈 수 있는 만큼 당신과 가까워요. 당신도 그걸 알면서 왜 이렇게 슬퍼하는 거죠? 당신이 나를 속이고자 한다면 나는 즉시 떠나겠어요."

"그래요? 나한테 그런 말을 다 하다니? 너무 대담하군요. 마침내 이 방에 오게 된 당신이 지금 뭘 하고 있는지 알아요? 내 벽을 미친 듯이 손가락으로 문지르고 있어요. 내 방을, 내 벽을! 게다가 당신이 하는 말은 뻔뻔할 뿐 아니라 아주 이상해요. 당신은 당신의 본성이 나하고 이런 식으로 말하라고 시키고 있다고 말해요. 정말요? 당신의 본성이 그렇게 시킨다고요? 당신의 본성은 참 친절하군요. 당신의 본성은 내 본성이에요. 내가 본성적으로 당신에게 친절하게 행동하면 당신도 다른 식으로 행동해서는 안 됩니다."

"이게 친절한 건가요?"

"이전 이야기를 하는 거예요."

"나중에 내가 어떻게 될지 알아요?"

"전혀 모르죠."

나는 침대 옆 작은 테이블로 걸어갔고, 테이블 위의 촛불을 켰다. 당시에는 내 방에 아직 가스나 전등이 없었다. 나는 한동안 테이블 옆에 앉아 있다가, 그것도 지겨워지자 외투를 입고, 소파에서 모자를 집어 들고, 촛불을 후 불어서 껐다. 밖으로 나가면서 소파 다리에 다리가 걸렸다. 계단에서 같은 층에 사는 세입자를 만났다.

"또 나가요? 난봉꾼 같으니." 그는 두 계단 사이에 다리를 쭉 뻗은 채 물었다.

"그럼 어떡해요? 내 방에 유령이 있는데." 내가 말했다.

"당신은 마치 수프에서 머리카락이 나왔을 때처럼 불만스럽게 말하는군요."

"농담 아니에요. 분명히 아셔야 할 게 유령은 유령이에요."

"그렇겠지요. 하지만 유령을 믿지 않는다면 어쩌죠?"

"나는 유령을 믿는다고 생각하세요? 하지만 유령을 믿지 않는다고 해서 그게 나한테 무슨 소용이 있죠?"

"간단해요. 유령이 실제로 당신을 찾아와도 불안해할 필요가 없다는 거죠."

"맞아요. 하지만 그건 부차적인 불안이에요. 진짜 불안은 현상의 원인에 대한 불안이에요. 그런 불안이 남아 있어요. 내 속에는 그런 불안이 너무 많아요." 나는 초조하게 주머니를 뒤지기 시작했다.

"유령이라는 현상 자체에 대한 불안이 없다면 그냥 유령한테 차분하게 그 원인을 물어볼 수도 있잖아요!"

"보아하니 당신은 지금껏 유령과 대화를 나눠본 적이 없는 것 같군요. 유령한테서는 결코 명확한 정보를 얻을 수 없어요. 그냥 아무 말이나 오갈 뿐이죠. 이 유령들은 우리보다 자신의 실존에 대해 더 의심이 많은 것 같아요. 물론 그들의 덧없음을 생각하면 당연한 일이기는 하지만."

"그런데 유령을 키울 수도 있다는 얘기를 들었어요."

"제대로 들으셨군요. 예, 키울 수 있죠. 다만 누가 키우려고 하겠어요!"

"안 될 이유가 있나요? 예를 들어 여자 유령이라면요."
그는 이렇게 말하더니 맨 위 계단으로 훌쩍 올라갔다.

"아! 하지만 그렇다고 해도……." 나는 생각에 잠겼다.
그사이 내 이웃은 벌써 저만치 올라갔고, 나를 보려고 계
단실의 휘어진 곳에서 고개를 빠끔 내밀었다. "이무튼."
내가 소리쳤다. "당신이 저 위에서 내 유령을 빼앗아간다
면 우리 사이는 끝이에요, 영원히."

"농담이었어요." 이 말과 함께 그의 얼굴이 계단실에서
쑥 사라졌다.

"그럼 다행이고." 나는 이제 정말 산책을 갈 수도 있을
것 같았다. 하지만 갑자기 너무 쓸쓸한 느낌이 들어 그냥
다시 위로 올라가 잠자리에 누웠다.

_____ 유형지에서

"아주 독특한 기계장치죠." 장교는 탐사 여행자에게 이렇게 말하며 익숙한 장치를 다소 감탄스러운 눈길로 훑어보았다. 여행자는 상관에 대한 불복종과 모독죄로 유죄 판결을 받은 한 병사의 처형에 참석해달라는 사령관의 요청에 그저 예의상 응한 것처럼 보였다. 유형지에서는 이런 처형에 대한 관심이 그리 크지 않았다. 어쨌든 나무 한 그루 없는 비탈에 둘러싸인, 깊고 작은 모래 계곡에는 지금 장교와 여행자 외에 죄수와 병사 한 명이 서 있었다. 입이 큰 죄수는 헝클어진 머리와 엉망이 된 얼굴에 멍한 표정을 짓고 있었고, 병사는 무거운 쇠사슬을 들고 있었는데, 거기엔 죄수의 발목과 손목, 목을 묶어 서로 연결해놓은 작은 사슬이 줄지어 달려 있었다. 죄수는 마치 비탈에 자유롭게 뛰놀게 내버려두었다가 휘파람을 불면 언제라도 달려와 처형장에 설 준비가 된 사람처럼 비굴할 정도로 고분고분해 보였다.

이 장치에 대해 아는 것이 별로 없던 여행자는 죄수 뒤에서 확연히 드러날 만큼 무관심한 태도로 어슬렁어슬렁 돌아다니는 반면에 장교는 어떤 땐 땅속 깊이 설치된 장치 아래로 기어 내려갔다가 어떤 땐 위쪽을 점검하기 위해 사다리를 타고 올라갔다. 원래는 기계공에게 맡길 수도 있는 일이었지만, 이 장치의 광팬이기도 하고 혹은 다른 이유로 다른 사람에게 맡길 수는 없었기에 열정적으로 이 작업을 수행했다. "이제 준비가 끝났어!" 마침내 그가 소리치고는 사다리에서 내려왔다. 무척 지쳐 보였다. 그는 입을 크게 벌린 채 숨을 쉬더니 군복 목깃 뒤쪽으로 하늘하늘한 여성용 손수건 두 개를 욱여넣었다.

"이 군복은 열대지방에서는 너무 무거워요." 여행자는 장교가 기대하고 있던, 장치에 대한 질문 대신 이렇게 말했다.

"물론이죠." 장교는 이렇게 대답하고는 미리 준비해놓은 물통에서 기름이 묻은 손을 씻었다. "하지만 군복은 고향을 의미해요. 고향을 떠날 수는 없는 노릇이죠. 자, 이제 이 장치를 지켜보세요." 그는 손수건으로 손을 닦으면서 동시에 기계장치를 가리켰다. "지금까지는 수작업이 필요했지만, 이제부터는 혼자 알아서 작동할 겁니다."

여행자는 고개를 끄덕이며 장교를 따라갔다. 장교는 우발사고가 벌어지지 않도록 안전장치를 마련하고는 말했다. "물론 고장이 생기기도 하죠. 오늘은 그런 일이 일어나지 않기를 바라지만, 최소한 대비는 하고 있어야 합니다. 열두 시간 내내 멈추지 않고 작동하다 보면 더러 이상이 생기기도 하지만, 대개 사소한 문제니까 금방 해결할 수 있습니다."

"앉지 않으시겠어요?" 이윽고 장교가 이렇게 묻더니 등

나무 의자 더미에서 의자를 하나 꺼내 여행자에게 권했다. 거절할 수가 없었던 여행자는 이제 구덩이 가장자리에 앉아 그 안을 슬쩍 훑어보았다. 그리 깊지 않았다. 구덩이 한쪽에는 파낸 흙이 벽처럼 쌓여 있었고, 다른 쪽에는 기계장치가 있었다.

"사령관님이 이 장치를 벌써 설명해주셨는지 모르겠군요." 장교의 말에 여행자는 애매한 손짓을 했다. 장교는 어차피 더 정확한 대답을 요구하지 않았다. 자신이 벌써 설명에 나섰기 때문이다. "이 장치는 우리 전임 사령관님의 발명품입니다." 그가 짚고 있던 크랭크 스틱을 잡으며 말했다. "나는 이 기계장치를 맨 처음 만들 때부터 같이 했고, 완성될 때까지 모든 작업에 참여했습니다. 물론 발명에 대한 공로는 전적으로 전임 사령관님에게 돌아갔지만요. 혹시 우리의 전임 사령관님에 대해 들어보셨나요? 못 들으셨나요? 사실 이 유형지의 설립은 전적으로 그분의 작품이라고 해도 과언이 아닙니다. 그분의 친구인 우리는 그분의 죽음 당시 이미 유형지 시설이 그 자체로 완벽하고, 그분의 후계자가 아무리 머릿속에 새로운 계획을 수없이 갖고 있다고 하더라도 향후 수년 동안은 기존의 것을 전혀 바꾸지 못하리라는 사실을 알고 있었습니다. 우리의 예상은 역시 틀리지 않았습니다. 신임 사령관님도 그걸 알았어야 했습니다. 전임 사령관님을 모르셨던건 아쉬운 일이죠!" 이 대목에서 장교는 잠시 말을 중단했다. "내가 괜한 소리를 지껄였군요. 아무튼 지금 우리 앞에 있는 건 그분이 만든 겁니다. 보시다시피 이건 세 부분으로 이루어져 있습니다. 그 사이 각각의 부분에 누구나 이해하기 쉬운 이름이 붙었습니다. 그러니까 아랫부분은 침대, 윗부분은 도안가, 어기 가운데 떠 있는 부분은 써레라고 하죠."

"써레요?" 그때까지 주의 깊게 듣고 있지 않던 여행자가 물었다. 그늘 하나 없는 계곡에는 햇볕이 너무 강하게 내리쬐고 있어서 생각을 집중하기가 어려웠다. 그럴수록 무거운 견장과 많은 줄이 치렁치렁 달린, 사열식풍의 꽉 끼는 군복을 입은 채 자신의 일을 열성적으로 설명하고, 그와중에도 드라이버로 끊임없이 여기저기 나사를 죄고 있는 장교가 더더욱 감탄스럽게 느껴졌다. 병사도 여행자와 비슷한 상태로 보였다. 그는 죄수의 양 손목을 쇠사슬로 감아놓고는 손으로 소총을 짚은 채 고개를 뒤로 젖히고 태평하게 서 있었다. 여행자는 그런 병사가 전혀 놀랍지 않았다. 왜냐하면 장교는 프랑스어로 이야기했고, 병사와 죄수는 프랑스어를 알아듣지 못하는 것 같았기 때문이다. 그렇기에 죄수가 장교의 설명을 열심히 쫓아가려고 애쓰는 모습은 인상적이었다. 그는 나른한 인내심과 비슷한 태도로 항상 장교가 가리키는 곳으로 눈을 돌렸고, 여행자의 질문으로 말이 끊길 때마다 장교와 마찬가지로 여행자를 바라보았다.

"예, 써레요." 장교가 말했다. "딱 맞는 이름입니다. 바늘들이 써레처럼 배열되어 있고, 전체적으로 써레처럼 작동하기 때문이죠. 물론 한 장소에 고정되어 있고, 훨씬 예술적으로 작동된다는 점은 다르지만요. 아무튼 곧 이해하시게 될 겁니다. 죄수는 여기 침대에 눕혀집니다. 음, 일단 이 장치에 대해 먼저 설명해드린 다음 전체적으로 작동시키는 편이 낫겠습니다. 그러면 이해하기가 더 쉬울 테니까요. 도안가의 톱니바퀴도 너무 많이 마모되었습니다. 움직일 때 삐걱거리는 소리가 심하죠. 의사소통이 불가능할 정도로요. 안타깝게도 여기서는 부품을 구하기가 어렵습니다. 아무튼 아까 말했듯이 여기가 침대입니다. 전체적으로 솜으로 덮여 있습니다. 그 목적은 곧 아시게 될 겁니다. 죄수는 이 솜 위에 배를 깔고 눕습니다. 당연히 발가벗긴 채로요. 여기 이건 양손과 양발, 목을 단단히 고정시킬 가죽끈입니다. 말씀드렸듯이 남자가 침대에 얼굴을 대고 누우면 일단 펠트 재갈을 채웁니다. 재갈은 여기 침대 머리맡에서 남자 입으로 곧장 들어가도록 쉽게 조정이 가능합니다. 비명을 지르거나 혀를 물어뜯지 못하도록 하기 위해서죠. 남자는 재갈을 입안에 받아들일 수밖에 없습니다. 물지 않으려고 하면 목 끈 때문에 목뼈가 부러지고 말 테니까요."

"이게 솜인가요?" 여행자가 이렇게 물으며 몸을 앞으로 기울였다.

"예, 맞습니다. 직접 만져보세요." 장교가 여행자의 손을 잡고 침대 위로 끌었다. "특수 처리된 솜이라 식별하기가 어렵죠. 그 목적은 나중에 말씀드리겠습니다."

이 장치에 어느 정도 익숙해진 여행자는 햇빛을 가리려고 이마에 손을 올리고는 시계장치를 올려다보았다. 커다란 구조물이었다. 침대와 도안가는 크기가 비슷했는데, 생긴 건 꼭 두 개의 시커먼 궤짝 같았다. 도안가는 침대에서 약 2미터 위에 설치되어 있었다. 둘은 모서리 부분에 네 개의 놋쇠 막대로 연결되어 있었고, 막대에서는 햇빛이 반사되어 강렬한 빛이 뿜어져 나왔다. 두 궤짝 사이에는 써레가 하나의 강철 끈으로 연결된 채 둥둥 떠 있었다.

처음엔 여행자의 무관심을 거의 알아차리지 못한 장교였지만, 지금은 그의 관심이 점점 커져나가고 있음을 분명히 인지했다. 그 때문에 여행자가 아무런 방해 없이 장치를 관찰할 수 있도록 설명을 멈추었다. 죄수는 여행자의 행동을 따라 했다. 다만 이마에 손을 댈 수 없었기에 자유로운 두 눈만 끔벅거리며 위쪽을 쳐다보았다.

"그러니까, 이제 저 남자가 여기 누워 있겠군요." 여행자는 의자에 등을 기대며 다리를 꼬았다.

"네." 장교가 군모를 약간 뒤로 젖히며 손바닥으로 뜨거운 얼굴을 쓸었다. "자, 들어보십시오! 침대와 도안가에는 둘 다 따로따로 전기 배터리가 장착되어 있습니다. 침대는 자체 가동을 위해 배터리가 필요하고, 도안가는 써레를 위해 필요합니다. 죄수가 단단하게 묶이자마자 침대는 움직입니다. 아주 빠른 속도로, 그것도 옆과 위아래로 동시에 미세하게 떨리기 시작하죠. 치료 시설에 가도 이와 비슷한 장치를 보실 수 있을 겁니다. 다만 우리 침대는 모든 것이 정밀한 계산하에 움직입니다. 써레의 움직임과 꼼꼼하게 상호 조율된다는 말이죠. 사실 판결의 집행은 이 써레가 담당합니다."

"판결 내용은 뭐죠?" 여행자가 물었다.

"그것도 모르셨나요?" 장교는 깜짝 놀란 표정으로 물으며 입술을 깨물었다. "제 설명에 체계가 없었던 점 사과드립니다. 정말 죄송합니다. 예전에는 사령관님이 직접 판결을 설명하시곤 했습니다. 신임 사령관님은 그런 도의적 의무를 다하지 않으십니다. 하지만 선생님처럼 귀하신 방문객에게까지……" 이 대목에서 여행자는 아니라는 듯이 손사래를 쳤지만 장교는 이 표현을 고수했다. "선생님처럼 귀하신 방문객에게까지 판결 내용을 알려드리지 않은 것은 그 자체로 하나의 혁신이기는 하지만……" 장교는 혀끝에 욕이 튀어나오려고 했지만, 마지막 순간에 다시 정신을 차리고 이렇게만 말했다. "저는 그것을 통보받지 못했습니다. 제 책임이 아니죠. 물론 그럼에도 저는 우리의 판결을 설명하기에 가장 적합한 사람일 겁니다. 바로 여기에……" 이 대목에서 장교가 자신의 가슴 주머니를 툭툭 쳤다. "전임 사령관님의 손 그림이 있기 때문이죠."

"사령관님이 직접 그렸다고요?" 여행자가 물었다. "전임 사령관님은 모든 역할을 혼자 다 하셨다는 말인가요? 병사, 판사, 장치 설계자, 화학자, 도안가까지?"

"예, 맞습니다." 장교가 고개를 끄덕거리며 대답했다. 꼿꼿한 시선에 많은 생각이 남겨 있는 듯했다. 이어 그는 자신의 손을 검사하듯이 살펴보더니 그림을 만져도 될 만큼 깨끗하지 않다고 여겨졌는지 물통으로 가서 재차 손을 씻었다. 그런 다음 가슴 주머니에서 작은 가죽 파일을 꺼냈다. "우리의 판결은 그리 엄하지 않습니다. 죄수가 어긴 계명을 죄수의 몸에 써레로 새겨주는 것이지요. 예를 들어 이 죄수에게는……" 장교가 남자를 가리켰다. "몸에다 이렇게 쓸 겁니다. 상관을 공경하라!"

여행자는 남자에게로 흘깃 눈을 돌렸다. 장교에게 지목당했을 때 남자는 고개를 숙인 채 한마디라도 알아들으려고 귀를 쫑긋 세우는 것 같았다. 그러나 두툼하게 다문 입술의 움직임을 보아하니 한마디도 알아듣지 못한 것이 분명했다. 여행자는 물어보고 싶은 것이 많았지만, 계속 남자를 보면서 이렇게만 묻고 말았다. "저 사람은 자신의 판결 내용을 알고 있습니까?"

"아뇨." 장교는 이렇게 대답하고는 곧장 자신의 설명을 이어가려고 했으나 여행자가 그의 말을 가로막았다.

"자신에 대한 판결 내용을 모른다고요?"

"예, 모릅니다." 장교는 재차 대답하고는 일순 멈칫했다. 마치 여행자가 이런 질문을 던지는 이유가 궁금하다는 듯이. 그러더니 잠시 후 말을 이어갔다. "알려준다고 무슨 소용이 있겠습니까? 게다가 어차피 몸으로 알게 될 텐데요."

여행자는 침묵을 지키려고 했으나, 그 순간 죄수가 자신을 바라보는 시선이 느껴졌다. 장교가 설명한 형벌에 그는 동의할 수 있는지 묻는 듯했다. 이런 연유로 의자에 등을 기대고 앉아 있던 여행자는 다시 앞으로 몸을 내밀며 물었다. "그럼 유죄 판결을 받은 사실은 알고 있겠죠?"

"아뇨, 그것도 모릅니다." 장교는 이렇게 말하며, 여행자에게 뭔가 특별한 고백을 기대하는 것처럼 미소를 지어 주었다.

"그조차 모른다?" 여행자는 이 말을 되뇌더니 이마를 한 번 슥 쓸면서 말했다. "그럼 저 남자는 자신에 대한 변호가 어떻게 받아들여졌는지도 아직 모른다는 건가요?"

"자신을 변호할 기회조차 없었죠." 장교가 여행자에게서 시선을 멀찍이 돌리며 말했다. 마치 자신이 혼잣말을 하고 있고, 그래서 자신에게는 너무나 자명한 이 이야기로 여행자를 난처하게 만들고 싶지 않다는 듯이.

"저 남자는 자신을 변호할 기회를 가졌어야 합니다." 여행자가 이렇게 말하며 의자에서 일어났다.

장교는 기계장치를 설명하는 데 너무 오래 빠져 있을 위험에 처해 있음을 알아차렸다. 따라서 여행자에게 다가

서서 팔짱을 끼면서 손으로 죄수를 가리켰다. 이제 자신에게 관심이 집중된 것을 눈치챈 죄수는 부동자세를 취했고, 병사도 쇠사슬을 바짝 조였다. "어떻게 된 일인지 설명하면 이렇습니다. 나는 여기 유형지에서 판사 임무를 맡고 있습니다. 이렇게 젊은 나이임에도 그런 중책을 맡게 된 것은 전임 사령관 시절 모든 형사사건을 보조했을 뿐 아니라 이 장치에 대해 나만큼 잘 아는 사람이 없기 때문이죠. 내가 결정을 내리는 원칙은 이렇습니다. 죄는 항상 명백하다는 것이지요. 다른 법원은 이 원칙을 따를 수가 없습니다. 재판부는 네 명으로 구성되어 있고, 상급법원들도 있기 때문이죠. 하지만 여기서는 그렇지 않습니다. 아니, 최소한 전임 사령관 시절에는 그렇지 않았습니다. 그런데 신임 사령관은 내 재판에 개입하고자 하는 뜻을 드러냈습니다. 나는 지금껏 그런 시도를 막아냈고, 앞으로도 계속 그럴 겁니다. 당신은 이 사건에 대한 설명을 원했습니다. 이번 사건도 다른 사건들과 다 똑같습니다. 오늘 아침 한 대위가 저한테 저 남자를 고소했습니다. 대위의 하인으로 배정된 저놈이 업무를 게을리하고 문 앞에서 자고 있었다는 겁니다. 저놈은 매 시간 일어나 문 앞에서 대위에게 경례를 해야 할 의무가 있습니다. 분명 어려운 의무는 아니지만 꼭 필요한 의무입니다. 경계와 봉사를 위해서는 항상 군기가 들어 있어야 하기 때문이지요. 어젯밤 대위는 하인이 의무를 다하고 있는지 점검하고자 했습니다. 그래서 2시 종이 치자 문을 열었는데, 놈이 웅크리고 자고 있는 것을 발견했습니다. 대위는 승마 채찍을 꺼내 놈의 얼굴을 때렸습니다. 놈은 자리에서 일어나 용서를 구하는 대신 주인의 다리를 붙잡고 마구 흔들어대면서 이렇게 소리쳤다고 합니다. '채찍을 버려, 안 그러면 물어뜯어 버리겠어!' 이렇게 된 사정입니다. 한 시간 전에 대위가 내게 왔고, 나는 그의 진술을 기록한 뒤 즉시 판결을 내렸습니다. 그런 다음 저놈을 사슬에 묶게 했습니다. 모두 일사천리로 진행되었죠. 내가 그전에 놈을 불러 사정을 캐물었더라면 혼란만 생겼을 겁니다. 놈은 거짓말을 했을 테고, 내가 그 거짓말을 반박하는 데 성공했더라도 놈은 또 다른 거짓말을 지어냈을 겁니다. 이제 나는 놈을 체포했고, 더는 놓아주지 않을 작정입니다. 이제 설명이 되었나요? 처형이 벌써 시작되었어야 하는데, 아까운 시간만 자꾸 흘러가는군요. 하지만 어쩌겠요? 아직 이 장치에 대한 설명이 끝나지 않았으니." 장교는 여행자를 억지로 의자에 앉히고는 장치로 돌아가 설명을 이어갔다. "보시다시피 써레는 사람 모양입니다. 여기 이건 상체용 써레고, 이건 하체용 써레입니다. 머리용으로는 작은 조각칼만 준비되어 있습니다. 이제 감이 오시나요?" 장교는 이제 지극히 포괄적인 것들을 설명할 준비를 하고 여행자에게 다정하게 몸을 기울였다.

여행자는 눈살을 찌푸리고 써레를 바라보았다. 판결 절

차를 알고 나자 영 마뜩잖았다. 결국 여기가 유형지고, 이런 곳에서는 특별한 조치가 필요하고, 모든 것이 군사적 절차처럼 진행될 수밖에 없을 거라고 스스로를 다독여야 했다. 그러면서도 다른 한편으로는 이 장교의 편협한 머리로는 도저히 받아들일 수 없는 새로운 절차를 비록 늦기는 했지만 도입할 생각이 분명 있어 보이는 신임 사령관에게 약간 희망을 걸었다. 이런 생각에서 여행자는 질문을 툭 던졌다.

"사령관님이 처형 자리에 참석하시나요?"

"확실치는 않습니다." 장교는 갑작스러운 질문에 당황했는지, 그전의 친절하던 표정이 일그러졌다. "그 때문에라도 우리는 서둘러야 합니다. 죄송하지만, 지금부터는 간단히 줄여서 설명드리겠습니다. 좀 더 자세한 건 장비 청소가 끝나는 내일, 사실 이 장비는 너무 쉽게 더러워지는 게 유일한 흠이죠, 아무튼 그때 다시 설명드리도록 하겠습니다. 지금은 꼭 필요한 부분만 말씀드리겠습니다. 남자가 침대에 눕고, 침대가 진동하기 시작하면 써레가 몸 위로 내려옵니다. 써레는 바늘 끝이 몸에 닿을락 말락 하게 저절로 조정되는데, 이 조정이 끝나면 강철 케이블은 즉시 봉처럼 단단해집니다. 그와 함께 본격적인 게임이 시작됩니다. 일반인들은 겉으로 보고는 처벌의 차이를 알아채지 못합니다. 써레는 같은 방식으로 고르게 작동하는 것처럼 보이니까요. 어쨌든 써레는 그렇지 않아도 침대 진동으로 덜덜 떠는 남자의 몸에다 자기도 더르르 떨면서 바늘 끝을 찔러 넣습니다. 판결이 제대로 집행되고 있는지 누구나 알 수 있도록 우리는 써레를 유리로 만들었습니다. 바늘을 유리 안에 고정시키는 데 기술적인 어려움이 있었지만, 몇 번의 시행착오 끝에 성공을 거두었죠. 정말 우리는 수고를 마다하지 않았습니다. 이제는 누구든 유리를 통해 판결문이 어떻게 몸속에 박히는지 볼 수 있습니다. 좀 더 가까이 다가가서 바늘을 보시지 않겠습니까?"

여행자는 천천히 일어나 걸어가더니 써레 위로 몸을 구부렸다.

"보시다시피 두 종류의 바늘이 여러 형태로 배치되어 있습니다." 장교가 말했다. "큰 바늘 옆에는 항상 작은 바늘이 하나씩 있습니다. 큰 바늘은 글자를 쓰고, 작은 바늘은 물을 뿜어 피를 씻어냅니다. 그래야 글자가 항상 선명하게 유지되죠. 핏물은 일단 여기 작은 홈에 모여 큰 홈으로 흘러가는데, 마지막에 배수관 끝에서 구덩이로 떨어집니다."

장교는 핏물이 흘러가는 길을 손가락으로 정확히 가리키더니 마지막 그림을 완성하려는 듯 배수관 끝에서 구덩이로 흘러내리는 핏물을 양손으로 받치는 시늉을 했다. 순간 여행자는 고개를 들고 손으로 뒤쪽을 더듬으면서 의자로 돌아가려고 했다. 그때 놀랍게도 죄수 역시 자신과 마찬가지로 써레 장비를 자세히 살펴보라는 장교의 요청을 따랐음을 알게 되었다. 죄수는 사슬에 묶인 채 약간 앞으로 움직여 유리 써레 위로 몸을 기울이고 있었다. 그 바람에 졸면서 사슬을 붙들고 있던 병사도 함께 끌려갔다. 죄수는 두 신사가 방금 살펴본 것을 아리송한 눈으로 좇아갔지만, 설명을 알아들을 수 없어 지금 두 사람이 무엇을 말하는지 알아차리지 못하는 듯했다. 그는 이리저리 몸을 숙였고, 줄곧 눈으로 유리 써레를 더듬었다. 여행자는 이 남자를 쫓아내려고 했다. 이런 행동도 처벌감이라고 생각했기 때문이다. 그러나 장교는 한 손으로 여행자를 만류하고, 다른 손으로는 흙덩어리를 집어 병사에게 던졌다. 순간 화들짝 놀라 눈을 뜬 병사는 죄수가 무슨 짓을 했는지 금세 알아차리고는 소총을 내려놓고 발꿈치를 바닥에 단단히 붙인 채 죄수를 홱 잡아당겼다. 죄수는 순식간에 쓰러지더니 바닥에서 몸을 뒤틀었다. 쇠사슬 소리가 짤랑거렸다. 그런 그를 병사가 우뚝 서서 내려다보았다.

"일으켜 세워!" 장교가 소리쳤다. 죄수로 인해 여행자의 주의가 너무 산만해진 것을 알아차린 것이다. 여행자는 써레엔 관심을 보이지 않고 죄수만 바라보고 있었다. 그에게 무슨 일이 일어날지만 궁금한 모양이었다.

"조심히 다뤄!" 장교는 재차 소리치더니 직접 구덩이를 빙 돌아 죄수의 겨드랑이를 붙잡고 병사의 도움을 받아 일으켜 세웠다. 일어서려는 죄수의 두 발이 자꾸 미끄러졌다.

장교가 돌아오자 여행자가 말했다. "이제 이 장치에 대해 웬만큼 다 알겠습니다."

"아직 가장 중요한 게 남았습니다." 장교는 여행자의 팔을 잡고 공중을 가리켰다. "저기 도안기 안에 써레의 움직임을 결정하는 톱니바퀴 장치가 있습니다. 이 장치는 판결 내용이 적힌 도안에 따라 배열되어 있습니다. 나는 아직도 전임 사령관의 도안을 사용하고 있습니다. 이겁니다." 장교가 가죽 파일에서 종이를 몇 장 꺼냈다. "하지만 안타깝게도 선생께 직접 건네드릴 수는 없습니다. 저의 가장 소중한 재산이니까요. 거기 앉으시지요. 그럼 이만큼 거리를 두고 보여드리겠습니다. 그래도 선명하게 보일 겁니다." 장교가 첫 번째 종이를 보여주었다. 여행자는 뭔가 감탄의 말을 하려고 했지만, 그가 본 것은 하얀 여백이 보이지 않을 만큼 빽빽하게 종이를 뒤덮고 있는, 미로처럼 서로 교차하는 복잡한 선뿐이었다. "읽어보시지요." 장교가 말했다.

"못 읽겠어요." 여행자가 말했다.

"아주 분명한 글입니다." 장교가 대답했다.

"무척 정교하군요." 여행자가 슬쩍 돌려서 말했다. "하지만 해독이 안 됩니다."

장교는 웃으면서 파일을 다시 집어넣었다. "이건 초등학생용 정서체가 아니라서 오래 봐야 합니다. 그러다 보면 분명 알아볼 수 있을 겁니다. 물론 이건 단순히 글자가 아닙니다. 죄수를 즉각 죽이는 것이 아니라 평균 열두 시간 후에야 숨이 끊어지도록 설계되어 있습니다. 여섯 시간이 전환점입니다. 실제 글자를 둘러싸고 있는 것은 많은 장식들입니다. 실제 글자는 길쭉한 띠 형태로 몸을 둘러쌀 뿐이고, 나머지 신체 부위는 장식으로 뒤덮이게 됩니다. 써레와 이 전체 장치가 정말 놀랍지 않습니까? 이제 직접 한번 보시죠!" 그는 사다리 위로 올라가 톱니바퀴 하나를 돌리더니 아래로 소리쳤다. "조심, 비켜나세요!" 순간 모든 것이 움직이기 시작했다. 톱니바퀴에서 삐걱거리는 소리만 나지 않았다면 정말 멋졌을 텐데! 장교는 예상 못한 이 소리에 깜짝 놀란 듯 주먹을 쥐고 위협하더니, 사죄의 뜻으로 여행자에게 두 팔을 벌리고는 급히 내려와 장치의 작동을 밑에서부터 관찰했다. 그만이 감지할 수 있는 이상한 점이 아직 남아 있는 듯했다. 그는 다시 올라가 도안가 내부로 두 손을 넣고 만지작거리고는 다시 내려왔다. 이번에는 더 빨리 내려오려고 사다리 대신 봉을 타고 미끄러졌다. 이어 자신의 말이 기계 소음에 파묻히지 않도록 여행자의 귀에다 대고 목청껏 소리쳤다. "작동 과정을 이해하시겠어요? 써레는 쓰기 시작합니다. 남자의 등판에 판결문 초안을 잡는 과정이 끝나면 솜으로 이루어진 침대가 죄수의 몸을 천천히 옆으로 굴려 써레에 새로운 공간을 제공합니다. 그사이 상처 난 부위는 솜 위에 눕혀지는데, 특수 처리된 솜 덕분에 즉시 출혈이 멈추고, 그로써 좀 더 깊이 글을 쓸 준비가 갖추어집니다. 써레 가장자리의 이 톱니바퀴들은 몸이 계속 뒤집힐 때마다 상처에서 솜을 떼어내 구덩이로 던집니다. 그러면 써레는 다시 작업을 시작하죠. 이렇게 열두 시간 동안 죄수의 몸에 점점 더 깊게 글이 새겨집니다. 처음 여섯 시간 동안은 저렇게 묶인 상태에서도 예전과 다름없이 살아갑니다. 물론 고통이 있다는 게 차이라면 차이겠죠. 아무튼 두 시간이 지나면 죄수에게는 더 이상 비명을 지를 힘조차 남아 있지 않기 때문에 입에 물린 가죽 재갈을 제거합니다. 그리고 여기 죄수의 머리맡에 전기냄비를 갖다둡니다. 거기엔 따뜻한 쌀죽이 담겨 있는데, 마음만 먹으면 혀를 날름거려 얼마든지 먹을 수 있습니다. 먹지 않는 죄수를 본 적이 없습니다. 내가 많은 사람을 경험했는데, 모두가 그랬죠. 그런데 여섯 시간이 지날 쯤에는 죄수도 먹는 즐거움을 잃어버립니다. 그러면 나는 보통 여기 이 자리에 무릎을 꿇고 앉아 죄수를 관찰하죠. 죄수는 간신히 쌀죽을 입에 넣는다 해도 삼키지 못하고 그냥 입안에서 굴리다 구덩이로 뱉어냅니다. 그때는 얼른 피해야 합니다. 안 그러면 내 얼굴에 뱉을 수도 있으니까요. 여섯 시간 정도가 지나면 정말 얼마나 고요해지는지 모릅니다! 그와 함께 그 바보 같은 놈의 머릿속에서 서서히 이성이 깨어납니다. 그건 눈 주위에서 시작해 서서히 퍼져나갑니다. 그 눈길을 보고 있으면 정말 써레 밑에 함께 눕고 싶다는 기분이 들 정도죠. 이후로는 별다른 일이 일어나지 않습니다. 다만 죄수는 방금 자신의 몸에 쓴 글을 해독하기 시작합니다. 마치 입으로 듣는 듯 입을 쫑긋 세운 채로요. 당신도 아시겠지만, 눈으로 글을 해독하는 건 쉬운 일이 아닙니다. 하지만 우리의 죄수는 몸으로, 그것도 몸의 상처로 글을 읽습니다. 물론 대단히 어려운 일이죠. 이 작업이 끝나기까지 여섯 시간이 걸립니다. 그러다 써레가 죄수를 바늘로 완전히 찍어 구덩이로 던지면 죄수는 핏물과 솜 더미 위에 철썩 떨어집니다. 그러면 재판은 끝나고, 우리, 그러니까 저 병사와 나는 죄수를 땅에 묻습니다."

장교의 말을 귀담아듣고 있던 여행자는 상의 주머니에 두 손을 찔러 넣은 채 기계가 돌아가는 모습을 지켜보았다. 죄수도 그것을 바라보고 있었지만 이해하는 눈치가 아니었다. 그가 몸을 약간 구부린 채 진동하는 바늘을 유심히 지켜보고 있을 때 장교의 신호로 병사가 갑자기 뒤에서 죄수의 셔츠와 바지를 칼로 잘랐다. 삽시간에 옷이 몸에서 떨어져나가자 죄수가 노출된 몸을 가리려고 떨어지는 옷을 주우려 했으나, 병사는 옷가지를 공중으로 휙 날려 보내고는 볼품없는 속옷까지 제거해버렸다. 장교는 기계를 멈춘 뒤 불현듯 찾아온 정적 속에서 죄수를 써레 밑에 눕혔다. 쇠사슬이 풀렸고, 대신 가죽 띠가 채워졌다. 처음에는 이 상태가 죄수에게 안도감까지 주는 듯했다. 이제 써레가 천천히 내려와 다른 때보다 더 깊은 지점에 멈추었다. 죄수가 깡말랐기 때문이었다. 바늘 끝이 몸에 닿는 순간 그의 피부에 소름이 돋았다. 병사가 오른손을 바쁘게 놀리는 동안 죄수는 어딘지도 모른 채 왼손을 뻗었는데, 하필 여행자가 서 있는 방향이었다. 장교는 자신이 피상적으로 설명했던 처형이 이제 그에게 어떤 인상을 주는지 읽어내려는 듯 계속 여행자의 얼굴을 곁눈질했다.

손목용 가죽 띠가 찢어졌다. 병사가 띠를 너무 세게 끌어당긴 모양이었다. 그가 같이 돕던 장교에게 찢어진 가죽 띠를 보여주었다. 장교는 그에게 건너가면서도 여행자 쪽으로 얼굴을 돌린 채 말했다. "기계는 조립품이라 가끔 여기저기가 찢어지거나 부러집니다. 하지만 이것만 보고 이 장치를 전체적으로 평가해서는 안 됩니다. 더구나 가죽 띠는 즉시 다른 것으로 교체가 가능합니다. 나는 사슬을 사용할 생각입니다. 하지만 그로 인해 오른팔의 진동이 섬세하게 손상되는 건 막을 수가 없습니다." 장교는 사슬을 채우며 다시 말을 이어갔다. "현재로는 기계를 유지하는 재원이 극히 제한적입니다. 전임 사령관 시절에는 이 목적을 위해 나 혼자 자유롭게 접근할 수 있는 금고가 따로 있었죠. 게다가 여기엔 온갖 종류의 교체 부품을 보관하는 창고가 있었습니다. 솔직히 말해, 나는 정말 부족함 없이 돈을 펑펑 썼습니다. 지금이 아니라 예전에 그랬다는 말이죠. 하지만 신임 사령관님이 부임하면서 모든 게 바뀌었습니다. 어떤 구실을 대서라도 예전의 설비와 제도를 타파하려는 분이죠. 이제 신임 사령관님은 이 기계용 금고를 본인이 직접 통제하면서, 내가 가죽 띠를 하나 새로 보내달라고 요청하면 찢어진 가죽 띠를 증거로 요구합니다. 새나가 새 불선은 열흘 후에나 옵니다. 그것도 질이 떨어지는 제품이라 크게 도움이 안 됩니다. 그 사이 내가 가죽 띠 없이 이 기계를 어떻게 작동할지 신경 쓰는 사람은 아무도 없습니다."

여행자는 생각에 잠겼다. 남의 상황에 단호하게 개입하는 것은 늘 주저되는 일이다. 자신은 유형지의 시민이 아니고, 유형지가 속한 국가의 국민도 아니다. 만일 자신이 이 처형을 비난하거나 심지어 저지하고자 한다면 사람들은 이렇게 말할 것이다. 넌 어차피 이방인이야. 잠자코 있어! 상대가 이렇게 나오면 사실 대꾸할 말이 없다. 다만 자신도 이 상황이 스스로에게 납득이 되지 않는다는 말만 덧붙일 수 있을 뿐이다. 왜냐하면 그는 단순히 두루 살펴볼 목적으로 여행하는 것이지, 타국의 사법 체제를 바꾸려고 여행하는 것이 아니기 때문이다. 그런데 지금 이곳의 상황은 상당히 유혹적이다. 절차의 부당함과 처형 방식의 비인간성에는 의심의 여지가 없다. 더구나 자신의 개입에 이기적인 동기가 있다고 의심할 사람도 없다. 죄수는 자신이 모르는 사람이고, 동포도 아니며, 자신이 동정할 만한 사람도 아니기 때문이다. 자신은 고위직의 추천으로 여기에 와서 정중한 대접을 받았다. 이 처형식에 초대되었다는 것은 여기 사법 시스템을 평가해달라는 요청으로도 해석될 수 있었다. 자신이 지금껏 충분히 들은 바에 따라 신임 사령관은 이런 집행 절차의 지지자가 아닌 데다 이 장교에게 적대감을 갖고 있다는 점을 감안하면 더더욱 그럴 가능성이 높았다.

그때였다. 장교의 화난 고함 소리가 들렸다. 장교가 막 죄수의 입에다 가죽 재갈을 어렵사리 밀어 넣었는데, 죄수가 구토의 충동을 이기지 못하고 눈을 감은 채로 속에 있는 것을 게워낸 것이다. 장교는 급히 그를 들어 올려 구덩이 쪽으로 머리를 돌리려 했다. 하지만 너무 늦었다. 이미 오물이 기계로 흘러내리고 있었다. "이게 모두 사령관 탓이야!" 장교는 이렇게 소리치며 앞쪽의 놋쇠봉을 정신 없이 흔들어댔다. "내 소중한 기계가 마구간만큼 더러워지고 있어." 그는 두 손을 부들부들 떨면서 여행자에게 방금 무슨 일이 일어났는지 보여주었다. "처형 전날에는 절대 먹을 것을 줘서는 안 된다고 내가 사령관에게 얼마나 구구절절이 설명했는지 아십니까? 그러나 관대하신 우리 신임 사령관은 동의하지 않았습니다. 사령관의 여자들은 죄수가 끌려가기 전에 저놈의 목구멍에다 달달한 것들을 가득 넣어줬습니다. 평생 악취 나는 생선만 먹던 인간이 이제 단 걸 먹다니 그게 말이 됩니까? 뭐, 그것도 이해할 수는 있고, 반대할 일도 아닙니다. 하지만 내가 석 달 전부터 그렇게 부탁했는데도 가죽 재갈은 왜 새걸로 바꿔주지 않는 겁니까? 백 명이 넘는 인간들이 죽어가면서 물고 빨던 가죽 재갈을 다시 입안에 쑤셔 넣는 게 얼마나 역겨운 짓인지 아십니까?"

죄수는 고개를 숙이고 있었는데, 평화로워 보였다. 병사는 죄수의 셔츠로 기계를 닦느라 바빴다. 장교는 이제 여행자에게 다가갔다. 순간 여행자는 뭔가 좋지 않은 예감에 휩싸여 한 걸음 뒤로 물러났다. 하지만 장교는 여행자의 손을 잡고 한쪽 옆으로 끌어당겼다. "당신을 믿고 몇 마디 말씀드리려고 합니다. 괜찮겠습니까?"

"물론이죠." 여행자는 눈을 내리깔고 귀를 기울였다.

"지금 당신이 감탄할 기회를 갖게 된 이 절차와 처형은 현재 우리 유형지에서는 더 이상 공개적인 지지를 받지 못하고 있습니다. 나는 그 지지 그룹의 유일한 대표자이자, 전임 사령관의 유지를 이어받은 유일한 대표자입니다. 물론 이 사법 절차를 확장하는 것은 더 이상 고려할 수 없는 일이라, 그나마 남아 있는 것이라도 유지하려고 전력을 다하고 있습니다. 전임 사령관 시절에는 이 유형지에 추종자들이 가득했습니다. 나는 설득력 부분에선 옛 사령관과 약간 비슷한 점이 있긴 하지만, 그가 가진 힘은 언감생심 꿈도 꾸지 못합니다. 그런 연유로 추종자들은 더 이상 자신을 드러내지 못하고 안으로 숨어들었습니다. 추종자들은 아직 많지만, 스스로 인정하는 사람은 어디에도 없다는 말이죠. 오늘처럼 처형이 이루어진 날, 찻집에 가서 귀를 기울여보면 여기저기서 모호한 의견만 들을 수 있을 겁니다. 다들 지지자들이지만, 현 사령관과 그의 노선 아래서는 내게 아무 쓸모가 없는 사람들이죠. 이제 묻겠습니다. 현 사령관과 그에게 영향을 미치는 여자들 때문에 이런 필생의 작품이—" 이 대목에서 그는 기계를 가리켰다. "파괴되어야 할까요? 그런 일이 일어나게 내버려둬야 할까요? 설사 우리 섬에 며칠만 머무르는 이방인이라고 하더라도 말입니다. 지체할 시간이 없습니다. 물밑에서는 나의 재판권에 대항하는 일이 꾸며지고 있습니다. 사령부에서는 이미 협의가 진행되고 있습니다. 나만 쏙 뺀 채로요. 내가 볼 때, 심지어 오늘 당신의 방문조차 그런 움직임의 일환으로 여겨집니다. 그들은 비겁해서 이방인인 당신을 앞세운 거죠. 예전의 처형은 얼마나 달랐는지 아십니까! 하루 전에 이미 계곡 전체가 사람들로 꽉 찼습니다. 모두가 구경하러 왔죠. 이른 아침에 사령관님이 부하들과 함께 나타나면 나팔 소리가 야영지 전체를 깨웠습니다. 이윽고 모든 준비가 끝났다고 내가 보고합니다. 이 유형지의 고위 관리치고 이 자리에 참석하지 않은 사람은 없었습니다. 그들을 포함해 모든 참석자들이 기계를 중심으로 정렬합니다. 저 등나무 의자들이 당시의 상황을 보여주는 빈약한 증거죠. 기계는 막 깨끗이 청소해서 반짝반짝 빛났고, 나는 처형 때마다 거의 항상 새로운 부품으로 교체할 수 있었습니다. 모든 관중은 언덕까지 까치발을 하고 서 있었는데, 그렇게 수백 개의 눈 앞에서 사령관님이 마침내 직접 지시를 내리면 죄수가 써레 밑에 눕혀집니다. 지금은 일개 병사가 하는 일을 당시에는 재판장인 내가 직접 했고, 그건 내게 큰 영광이었죠. 아무튼 그러다 드디어 처형이 시작되었습니다! 삐걱거리는 소리가 기계 작동을 방해하는 일은 없었습니다. 일부 사람은 도저히 더는 지켜보지 못하고, 눈을 감은 채로 모래 위에 눕기도 했습니다. 하지만 다들 알고 있었죠. 이제 정의가 실현되리라는 것을. 정적 속으로 죄수의 신음만 울려 퍼졌습니다. 가죽 재갈 때문에 뭔가 억눌린 듯한 신음이었죠. 요즘은 질식에 대한 염려 때문에 죄수의 입에서 예전만큼 강하게 신음 소리를 짜낼 수가 없습니다. 게다가 당시에는 글을 쓰는 바늘에서 부식용 용액이 방울져 떨어졌는데, 요즘은 그것도 더 이상 사용할 수 없게 되었습니다. 아무튼 그러다 여섯 시간이 지났습니다. 좀 더 가까이서 보게 해달라는 사람들의 요구를 모두 들어주는 건 불가능했습니다. 다만 우리 영민하신 사령관님께서는 아이들만큼은 특별히 배려해야 한다고 지시하셨습니다. 결국 재판장이라는 직책 덕분에 항상 기계 옆에 있던 내가 아이 둘을 양팔에 하나씩 감싸안고 함께 구경했습니다. 고문으로 괴로워하던 죄수의 얼굴이 서서히 성스럽게 변해가는 모습이 얼마나 아름답던지! 이제야 실현되었지만 벌써 사그라지는 정의의 빛 속에서 우리의 뺨은 얼마나 붉게 물들었던지! 정말 멋진 시절이었습니다, 동지!"

장교는 자기 앞에 누가 서 있는지 잊어버린 듯했다. 여행자를 껴안더니 그의 어깨에 머리까지 기댔던 것이다. 여행자는 무척 당황스러워하며 장교 너머로 멀찍이 시선을 돌렸다. 청소 작업을 끝낸 병사가 이제 깡통에 담긴 쌀죽을 냄비에 붓고 있었다. 이미 원기를 회복한 것처럼 보이는 죄수는 쌀죽을 보는 순간 바로 혀를 내밀어 쩝쩝거리며 먹기 시작했다. 병사가 그런 죄수를 계속 밀어냈다. 죽은 나중에 먹이기로 되어 있었기 때문이다. 하지만 병사가 침을 질질 흘리는 죄수 앞에서 더러운 손을 냄비에 넣고 죽을 퍼먹는 것은 어쨌든 부적절한 행동이었다.

장교는 재빨리 정신을 가다듬고 말했다. "당신을 감동시키려고 한 말은 아닙니다. 지금에 와서 그 시절을 이해시키는 건 불가능하니까요. 아무튼 그럼에도 기계는 여전히 일을 하고, 알아서 작동하고 있습니다. 이 계곡에 혼자 남아도 계속 일을 할 겁니다. 시체들도 여전히 부드러운 포물선을 그리며 태연히 구덩이로 떨어지겠죠. 수백 명의 사람이 파리떼처럼 구덩이 주위에 운집해 있지 않더라도 말입니다. 당시 우리는 구덩이 주변에 튼튼한 난간까지 설치해뒀어야 했는데, 그건 철거된 지 벌써 오래됐습니다."

여행자는 장교의 얼굴을 보지 않으려고 초점 없는 눈으

로 주위를 둘러보았다. 장교는 여행자가 황량해진 계곡의 풍경을 보고 있다고 생각한 모양이었다. 그래서 두 손을 잡고 여행자의 몸을 자신에게로 빙그르르 돌렸다. 그리고 여행자의 눈을 바라보며 물었다. "이 치욕을 이해하시겠습니까?"

여행자는 침묵했다. 장교는 그를 잠시 놓아주었다. 그러고는 두 다리를 벌리고 두 손을 허리춤에 올린 채 가만히 바닥을 내려다보았다. 이어 여행자에게 격려의 뜻이 담긴 미소를 지으며 말했다. "어제 사령관님이 당신을 초대했을 때 난 당신 근처에 있었습니다. 당신에게 사형 집행에 참관해달라고 하는 말도 들었죠. 나는 사령관이 어떤 사람인지 압니다. 그런 만큼 이 초대에 어떤 의도가 깔려 있는지도 바로 알아차렸죠. 하지만 나를 내칠 만큼 그의 힘이 막강하다고 해도 아직은 감히 그럴 수 없습니다. 그래서 당신, 그러니까 명망 높은 한 이방인의 판단에 나를 맡기려고 하는 것이죠. 사령관의 계산은 치밀합니다. 당신은 이틀째 이 섬에 묵고 있고, 전임 사령관과 그의 이념을 모르고, 반면에 유럽적 가치관에 익숙한 사람입니다. 그렇다면 사형 제도에 원칙적으로 반대할 가능성이 크죠. 특히 이런 형태의 기계식 처형에는 말입니다. 그런 사람이 대중의 관심 없이 진행되는 이 처형을, 그것도 안타깝지만 벌써 약간 손상된 기계로 진행되는 처형을 직접 본다면, 사령관님도 그렇게 생각하셨겠지만 당신이 나의 판결과 집행 방식에 동의하지 않을 거라고 생각했을 가능성이 아주 높지 않겠습니까? 모든 걸 종합하면 그렇다는 말이죠. 게다가 당신은 내 방식이 옳지 않다고 여긴다면 그걸 숨길 사람이 아닙니다. 사령관님의 입장에서 생각하자면 말입니다. 왜냐하면 당신은 이미 수없이 검증된 자신의 신념을 믿는 사람이니까요. 다른 한편으로 당신은 많은 민족의 많은 고유성을 존중할 줄 아는 사람이라서 아마 당신의 고국에서라면 모르지만 전력을 다해 이곳의 방식에 반대하는 목소리를 내지는 않을 겁니다. 물론 사령관님도 그 정도까지 바라지는 않겠죠. 그저 지나가듯이 툭 던지는 말 한마디면 충분할 겁니다. 그렇다고 당신은 남의 비위를 맞추려고 없는 말을 할 사람이 아닙니다. 그건 당신의 신념에 맞지 않죠. 다만 내가 백 퍼센트 장담컨대, 사령관은 아주 영악하게 당신에게 꼬치꼬치 캐물을 겁니다. 그의 여자들이 귀를 쫑긋 세우고 둥글게 모여 앉은 자리에서요. 당신은 가령 이렇게 말할 수 있을 겁니다. '우리나라의 사법절차는 여기랑 다릅니다.' 혹은 '우리는 판결 전에 피고인에 대한 심문 절차가 있습니다.' 혹은 '우리는 유죄 판결을 받은 사람에게 판결 내용을 알려줍니다.' 혹은 '우리에게는 사형 말고도 다른 처벌 방식이 있습니다.' 혹은 '우리에겐 중세 시대에만 고문이 있었습니다.' 이런 말들은 당신에게 지극히 당연하면서도 올바른 발언이고, 내 입장에서도 나의 절차를 침해하지 않는 악의 없는 발언입니다. 하지만 사령관은 어떻게 받아들일까요? 벌써 눈에 선합니다. 우리 훌륭하신 사령관님은 즉시 의자에서 일어나 발코니로 달려갑니다. 우르르 따라가는 숙녀들도 보입니다. 이어 사령관의 목소리가 들립니다. 숙녀들은 그걸 천둥의 목소리라고 부릅니다. 이제 사령관이 이렇게 선포합니다. '만국의 사법절차를 조사할 목적으로 곳곳을 돌아다닌 서양의 위대한 연구자가 방금, 옛 관습에 비추어보면 우리의 사법절차가 비인도적이라고 말했다. 이런 훌륭한 인물의 판단이 내려진 이상 나는 이 절차를 더는 용납할 수 없다. 따라서 오늘부로 명하건대, 어쩌고저쩌고.' 이 대목에서 당신은 가만있지 않습니다. '나는 사령관이 방금 선포한 것과 같은 말을 하지 않았고, 이곳의 사법절차를 비인도적이라고 말하지도 않았습니다. 오히려 나의 깊은 통찰력에 따르면 이곳의 절차가 가장 인도적이고 가장 인간 품위에 맞는 것이라고 생각합니다. 나는 이 기계식 처형 장치에 감탄을 금치 못합니다.' 이런 식으로요. 하지만 이미 너무 늦었습니다. 당신은 발코니로 갈 수가 없습니다. 이미 여자들로 가득 차 있으니까요. 당신은 자기 존재를 알리고 싶어 큰 소리로 외쳐보지만 여자의 손 하나가 벌써 당신의 입을 틀어막습니다. 이로써 나와 옛 사령관의 작품은 파멸되고 맙니다."

여행자는 웃음이 나오려는 걸 간신히 참았다. 그토록 어렵게 여겨지던 일이 너무 쉽게 풀린 느낌이었다. 그는 돌려서 말했다. "당신은 내 영향력을 과대평가하고 있습니다. 사령관님은 내 추천서를 읽어보셨습니다. 그렇다면 내가 사법절차의 전문가가 아니라는 사실을 알고 계실겁니다. 내가 혹시 의견을 표명하더라도 그건 한 민간인의 의견일 뿐이고, 다른 일반인의 의견보다 어림 반 푼어치도 중요하지 않을 겁니다. 특히 이 유형지에서 무척 광범한 권한을 가진 것으로 알고 있는 사령관님의 의견과는 비교가 되지 않겠지요. 여기 사법절차에 대한 사령관님의 의견이 당신이 믿는 것처럼 그렇게 확고하다면 나의 알량한 개입 없이도 이 제도는 곧 끝나지 않을까 싶네요."

장교는 이 말을 알아들었을까? 아니, 아직 이해하지 못한 눈치였다. 그는 세차게 고개를 가로젓더니 병사와 죄수 쪽으로 고개를 돌렸다. 쌀죽을 떠먹던 두 사람이 멈칫했다. 장교는 이제 여행자에게로 바짝 다가가서 그의 얼굴이 아닌 상의 어딘가로 눈길을 보낸 채 이전보다 더 낮은 목소리로 말했다. "당신은 사령관을 모릅니다. 사령관이나 우리 모두에 비하면, 이런 표현을 쓰는 걸 용서해주십시오, 순진하기 짝이 없습니다. 제 말을 믿으십시오. 당신의 영향력은 비할 바 없이 큽니다. 당신이 처형식에 혼자 참석하기로 했다는 얘기를 듣고 얼마나 기뻤는지 모릅니다. 당신을 이리로 보낸 사령관의 명령은 분명 나를 노린 것이지만, 이제 나는 그 의도를 뒤집을 생각입니다. 당신은 만일 그들이 처형식에 참석했다면 피할 수 없었을 잘못된 속삭임과 경멸적인 시선에 주의가 분산되지 않은 채 내 설명을 귀담아들었고, 이 기계장치를 보았으며, 처형 장면도 곧 지켜보게 되실 겁니다. 당신의 판단은 이미 확고하게 내려져 있습니다. 여전히 남아 있을지도 모를 작은 의구심은 사형 집행을 보면 사라질 것입니다. 이제 부탁드립니다. 사령관에 맞설 수 있게 나를 도와주십시오!"

여행자는 더 이상의 말을 허락하지 않았다. "내가 무슨 재주로 그럴 수 있겠습니까?" 그가 소리쳤다. "가당치도 않습니다. 나는 당신에게 해를 끼칠 수도 없거니와 당신을 도울 수도 없습니다."

"할 수 있습니다." 장교가 말했다. 여행자는 주먹을 불끈 쥐는 장교를 걱정스레 바라보았다. "할 수 있습니다." 반복하는 장교의 목소리는 한층 간절했다. "반드시 성공할 수밖에 없는 계획이 있습니다. 당신은 당신의 영향력이 충분하지 않다고 생각하지만, 난 그 정도면 충분하다고 생각합니다. 설사 당신 말이 맞다고 해도 이 사법절차를 유지하기 위해서라면 모든 수단을, 심지어 좀 미흡해 보이는 수단이라도 시도할 필요가 있지 않을까요? 내 계획을 들어보십시오. 계획이 성사되려면 무엇보다 당신이 오늘 유형지에서 본 사법절차에 대한 판단을 되도록 유보하는 것이 필요합니다. 누군가 노골적으로 묻지 않는 이상 절대 당신의 의견을 입 밖에 내서는 안 됩니다. 혹시 그럴 수밖에 없는 상황이라면 짧고 모호하게 답해야 합니다. 듣는 사람에게, 당신이 판단을 밝히기 어려워하고, 자신의 처지를 원망하고, 공개적으로 의견을 표명할 경우 금방이라도 분노가 폭발할 것 같은 느낌을 줘야 합니다. 당신에게 거짓말을 하라는 게 아닙니다. 그건 당치 않는 일이죠. 다만 '예, 처형을 봤습니다' 혹은 '예, 설명을 모두 들었습니다' 처럼 짧게 대답해달라는 겁니다. 이렇게만 말하고 더 이상 얘기해서는 안 됩니다. 남들이 볼 때, 당신이 그렇게 곤혹스러워하고 원망할 만한 이유는 충분합니다. 사령관은 그렇게 생각하지 않더라도요. 사령관은 분명 그 말조차 완전히 곡해해서 자기 유리한 대로 해석할 겁니다. 내 계획은 바로 여기에 토대를 두고 있습니다. 내일 본부에서 사령관 주재로 모든 고위 행정 관리가 참석하는 대규모 회의가 열립니다. 사령관은 당연히 그런 회의를 자신의 의도대로 몰고 갈 줄 아는 사람입니다. 벌써 관객들이 들어찰 관람석이 마련되었습니다. 나도 회의에 참석하라는 요구를 받았지만, 거부감이 드는 건 어쩔 수 없습니다. 당신도 분명 회의에 초대될 겁니다. 방금 내가 말한 대로 행동해주신다면 이 초대는 간절한 부탁이 될 겁니다. 그런데 혹시라도 납득할 수 없는 이유로 초대를 받지 못한다면 초대를 요구하셔야 합니다. 그러면 틀림없이 초대를 받게 될 겁니다. 예상대로 된다면 당신은 내일 숙녀들과 함께 2층 특별석에 앉게 될 겁니다. 사령관은 당신이 거기 있는지 자주 고개를 들고 확인할 테고요. 아무튼 오직 청중만을 위해 준비된 여러 무의미하고 하찮은 안건들, 예를 들면 주로 항구 시설들, 아니, 항상 그런 시설들에 대한 안건이 먼저 오르는데, 그에 대한 토의가 끝나고 나면 우리의 사법설차도 토의 대상에 오를 겁니다. 만일 사령관 측에서 그렇게 하지 않거나 능장을 부린다면 내가 그렇게 하도록 나설 겁니다. 자리에서 일어나 오늘의 사형 집행을 보고할 테니까요. 그것도 아주 짧게, 오늘 집행이 있었다는 사실만요. 이런 회의에서 그런 식의 보고는 흔치 않은 일이지만, 어쨌든 나는 그리 할 겁니다. 사령관은 평소처럼 다정한 미소를 지으며 내게 감사를 표하겠죠. 그러고 나면 더는 자제하지 못하고, 이때다 싶을 겁니다. 사령관은 아마 이런 식으로 말할 겁니다. '방금 처형에 관한 보고가 끝났습니다. 이 보고와 관련해서 잠시 덧붙이자면, 여러분도 모두 알다시피 영광스럽게도 우리 유형지를 방문해주신 위대한 연구자분께서 처형식을 직접 목격하셨습니다. 오늘 이 회의도 그분의 참석으로 더욱 의미가 커졌다고 생각합니다. 이 위대한 연구자가 옛 관습에 따라 우리의 처형과 그전의 사법절차를 어떻게 판단하고 계신지 궁금하지 않습니까?' 당연히 곳곳에서 동의의 표시로 박수가 쏟아질 겁니다. 아마 그중에서 내 박수 소리가 가장 크겠죠. 사령관이 당신에게 고개를 숙이며 말할 겁니다. '그럼 제가 여기 계신 모든 분들을 대신

해서 묻겠습니다.' 당신은 이제 2층 특별석 난간으로 다가갑니다. 두 손은 모두가 볼 수 있도록 난간 위에 올려놓으십시오. 그렇지 않으면 숙녀들이 그 손을 잡고 만지작거릴 테니까요. 이제 드디어 당신이 말할 차례입니다. 그 순간까지 긴장된 시간을 내가 어떻게 견딜 수 있을지 모르겠습니다만. 여하튼 당신의 연설에 어떤 한계도 설정하지 마십시오. 오로지 진실로 좌중을 흔들고, 난간 위로 몸을 내밀고, 소리치십시오. 당신의 의견을, 당신의 흔들리지 않는 의견을 사령관을 향해 포효하듯이 외치십시오. 어쩌면 당신은 그걸 원치 않을 수도 있습니다. 당신의 성격에 맞지 않는 일일 테니까요. 당신의 고국에서는 어쩌면 이런 상황에서 다르게 행동할지도 모르겠습니다. 그것도 당연히 옳습니다. 그 정도로도 충분합니다. 그러니까 자리에서 일어나지 마시고 그냥 몇 마디만 하세요. 당신 밑에 앉아 있는 고위 관리들만 알아들을 수 있도록 속삭이듯이 말해도 상관없습니다. 그것만으로 충분합니다. 처형식에 대한 사람들의 관심 부족이나 삐걱거리는 톱니바퀴. 찢어진 가죽 띠, 구역질이 날 만큼 더러운 가죽 재갈 같은 것조차 얘기할 필요가 없습니다. 그런 것들을 포함해 나머지는 내가 다 얘기할 겁니다. 믿으셔도 좋습니다. 내 말이 끝나는 것과 동시에 사령관은 쫓겨나듯이 홀 밖으로 황급히 나가든지, 아니면 무릎을 꿇고 이렇게 고백할 수밖에 없을 겁니다. '전임 사령관님이여, 당신 앞에 깊이 허리를 숙이나이다.' 이것이 내 계획입니다. 계획이 성사되도록 도와주시겠습니까? 당연히 당신은 해주실 겁니다. 반드시 그러셔야 하고요. 그 이상이라도." 장교는 여행자의 두 팔을 잡더니 거친 숨을 몰아쉬며 그의 얼굴을 바라보았다. 마지막 문상을 어찌나 크게 외쳤는지, 병사와 죄수조차 멈칫했다. 두 사람은 한마디도 알아듣지 못했음에도 먹는 것을 멈추고 죽을 씹으면서 여행자 쪽을 건너다보았다.

여행자의 대답은 처음부터 확고하게 정해져 있었다. 여기서 마음이 흔들리기에는 인생에서 너무 많은 일을 경험했다. 그는 기본적으로 정직했고, 두려움이 없었다. 그럼에도 병사와 죄수를 보는 순간 잠시 머뭇거렸다. 하지만 결국 이렇게 말할 수밖에 없었다. "아뇨, 도와드릴 수 없습니다." 장교는 눈을 몇 번 끔벅거렸지만, 여행자에게서 시선을 떼지는 않았다. "설명이 필요한가요?" 여행자가 물었다. 장교는 묵묵히 고개를 끄덕였다. "나는 이 절차에 반대합니다. 나는 당신이 나를 신뢰하기 전에 이미, 물론 어떤 경우에도 이 신뢰를 악용할 생각은 없습니다만, 어쨌든 이 사법절차에 단호한 조치를 취할 자격이 내게 있는지, 혹은 나의 개입이 작은 성공이라도 거둘 희망이 있는지 고민했습니다. 그럴 경우 내가 누구에게 먼저 요청해야 하는지는 분명합니다. 당연히 사령관이죠. 이런 내 생각을 더욱 분명하게 해준 건 당신입니다. 물론 당신 때문에 내 결심이 비로소 공고해진 것은 아닙니다. 오히려

난 당신의 솔직한 신념에 감동받았습니다. 그렇다고 내 생각이 흔들리지는 않았지만요."

묵묵히 듣기만 하던 장교는 기계 쪽으로 몸을 돌려 놋쇠 봉을 하나 잡더니 고개를 살짝 젖히고 도안가를 올려다보았다. 모든 게 정상인지 확인이라도 하려는 듯이. 병사와 죄수는 그사이 서로 친해진 것 같았다. 저렇게 묶인 상태에서는 힘든 일일 텐데도 죄수가 뭔가 신호를 주자 병사는 죄수에게로 몸을 숙였고, 죄수가 그의 귀에다 뭔가를 속삭이자 병사는 고개를 끄덕거리고 있었다.

여행자가 장교를 따라가며 말했다. "내가 무엇을 하려는지 당신은 아직 모릅니다. 나는 사령관에게 이 사법절차에 대해 내 의견을 말할 것입니다. 다만 회의석상이 아닌 단둘이 있는 자리에서요. 나는 어떤 회의에 참석할 수 있을 만큼 여기 오래 머물지는 않을 생각입니다. 내일 아침 일찍 차를 타고 떠나거나, 아니면 배에 타고 있을 겁니다."

장교는 마치 아무 말도 듣고 있지 않는 것 같았다. "그러니까 이 사법절차가 당신을 설득하지 못했군요." 그는 혼잣말처럼 중얼거리더니 어린아이의 터무니없는 말에 웃고 있는 노인처럼 미소를 지었다. 자신의 진짜 생각은 미소 뒤에 감추고 있다는 듯이.

"이제 시간이 되었군요." 장교가 마침내 이렇게 말하더니, 갑자기 함께 참여해달라는 요청 같기도 하고 호소 같기도 한 환한 눈빛으로 여행자를 바라보았다.

"무슨 시간이 되었다는 거죠?" 여행자가 불안스레 물었지만, 답은 받지 못했다.

"넌 이제 자유다." 장교가 죄수에게 그 나라 언어로 말했다. 죄수는 처음엔 어리둥절한 표정이었다. "자, 넌 이제 자유다." 장교가 재차 말했다. 죄수의 얼굴에 처음으로 생기가 돌았다. 이게 사실일까? 언제 변할지 모르는 장교의 변덕일 뿐일까? 저 외국 여행자가 이런 자비를 베풀도록 힘을 썼을까? 어떻게 했을까? 죄수의 얼굴은 그렇게 묻고 있는 것 같았다. 그러나 오래가지 않았다. 이게 어찌된 연유든 간에 정말 자유를 얻고 싶었다. 그는 묶인 상태에서 써레가 허용하는 한 최대한 몸을 흔들기 시작했다.

"그러다 내 기계의 가죽 띠가 끊어지겠어!" 장교가 소리쳤다. "얌전히 있어! 풀어줄 테니까." 장교는 병사에게 신호를 주더니 둘이 함께 띠를 풀기 시작했다. 죄수는 말없이 히죽 웃기만 했는데, 어떤 때는 왼쪽의 장교를 보고, 어떤 때는 오른쪽의 병사를 보고 웃었다. 당연히 여행자에게도 미소를 잊지 않았다.

"자, 이제 끌어내." 장교가 병사에게 명령했다. 죄수를 끌어내리려면 써레 때문에 약간의 주의가 필요했는데, 죄수가 워낙 조바심을 내는 바람에 그의 등에 몇 군데 생채기가 났다.

장교는 이제 더 이상 죄수에게 신경을 쓰지 않았다. 그는 여행자에게 다가가 주머니에서 작은 가죽 파일을 다시 꺼내 뒤적거리더니 마침내 자신이 찾던 종이를 발견하고는 여행자에게 보여주었다. "읽어보세요."

"할 수 없다고 벌써 말했을 텐데요." 여행자가 말했다. "이 종이는 읽을 수가 없습니다."

"자세히 보세요." 장교는 같이 읽으려고 여행자 곁에 가섰다. 그래도 도움이 되지 않자 장교는 절대 종이를 건드려서는 안 된다는 듯이 종이 위에 상당한 거리를 두고 새끼손가락으로 글자를 대강 짚어나가기 시작했다. 이런 식으로라도 여행자가 글을 읽는 걸 도와주기 위해서였다. 여행자 역시 이렇게까지 노력하는 장교가 가상해서라도 어떻게든 읽으려고 노력했지만 불가능했다. 이제 장교는 알파벳을 하나하나 떼어 읽기 시작하더니 마지막엔 다시 붙여서 읽었다. "여기엔 '정의로워라!'라고 적혀 있습니다. 이제 읽을 수 있겠죠?" 여행자는 종이 위로 바짝 몸을 숙였다. 순간 장교는 혹시 얼굴이 종이에 닿을까 불안한 마음에 얼른 종이를 멀찍이 떼어놓았다. 여행자는 더 이상 아무런 말을 하지 않았지만, 이것을 여전히 읽을 수 없다는 건 분명했다. 장교가 다시 한번 말했다. "여기엔 '정의로워라!'라고 적혀 있습니다."

"그럴지도요." 여행자가 말했다. "그렇게 쓰여 있는 것 같기도 하군요."

"그럼 됐습니다." 장교는 어쨌든 어느 정도 만족한 상태에서 종이를 들고 사다리 위로 올라갔다. 그러더니 조심조심 도안가 속에 종이를 끼워 넣고는 톱니바퀴를 완전히 돌렸다. 사뭇 힘든 작업이었다. 아주 작은 톱니바퀴들도 조정해야 하는 모양이었다. 장교의 머리는 이따금 도안가 속으로 완전히 사라졌는데, 톱니 장치를 정밀하게 고쳐히는 게 분명했다.

여행자는 계속 밑에서 이 작업을 지켜보느라 목이 뻣뻣해졌고, 하늘에서 쏟아지는 햇빛 때문에 눈도 따가웠다. 병사와 죄수는 자기들끼리 바빴다. 진작 구덩이 속에 던져버렸던 죄수의 셔츠와 바지는 병사가 총검으로 건져 올렸다. 셔츠는 몹시 더러웠다. 죄수는 그것을 물통에 넣고 빨았다. 그런 다음 셔츠와 바지를 입고 나자 병사와 죄수는 폭소를 터뜨렸다. 옷이 뒤에서 두 조각으로 절단되어 있었기 때문이다. 죄수는 병사를 즐겁게 해줘야 한다고 생각했는지 그런 옷을 입고 병사 앞에서 한 바퀴 빙 돌았다. 그러자 바닥에 웅크리고 있던 병사는 무릎을 치고 웃었다. 다만 두 높으신 양반을 고려해서 어느 정도 자제하는 눈치였다.

이윽고 사다리 위에서의 작업이 끝나자 장교는 미소를 지으며 다시 한번 모든 것을 하나하나 꼼꼼히 살펴보았다. 그러고는 지금껏 열려 있던 도안가의 뚜껑을 닫고 아래로 내려가 구덩이 속을 살펴본 뒤 죄수에게 눈길을 돌렸다. 이어 죄수가 구덩이에서 벌써 옷을 꺼낸 것을 만족스럽게 확인하고는 손을 씻으러 물통으로 갔는데, 양동이 속의 물이 끔찍하게 더러워진 것을 너무 늦게 알아차렸다. 손을 씻을 수 없게 되자 기분이 상했지만, 마침내 모래로 손을 씻었다. 이 대용물은 썩 마음에 들지는 않았지만 감수할 수밖에 없었다. 그는 일어나 군복 단추를 풀기 시작했다. 그의 손에 가장 먼저 떨어진 것은 목깃 뒤에 쑤셔 넣어둔 여성용 손수건 두 장이었다. "자, 여기 네 손수건!" 장교가 죄수에게 손수건을 툭 던져주었다. 그러고는 여행자에게 설명하듯이 말했다. "사령관 여자들이 선물한 겁니다."

장교는 군복 상의를 비롯해 나머지 옷까지 모두 서둘러 벗었지만, 옷가지 하나하나를 다루는 태도는 몹시 세심했다. 특히 전투복 상의에 달린 은색 끈을 손가락으로 어루만지고, 옷에 달린 술을 가지런히 정리하는 태도는 정성스럽기 그지없었다. 하지만 그렇게 하나하나 꼼꼼히 다루고 나서 잠깐의 망설임 끝에 모두 구덩이에 바로 던진 행동은 그런 정성스러움과는 거리가 멀었다. 마지막으로 남은 것은 끈 달린 짧은 대검이었다. 그는 칼집에서 대검을 뽑아 부러뜨리고는 그 동강과 칼집, 끈을 한꺼번에 힘차게 구덩이에 던졌다. 아래에서 이 물건들이 쨍그랑 소리를 내며 부딪쳤다.

이제 그는 알몸으로 서 있었다. 여행자는 입술을 깨물고 아무 말도 하지 않았다. 무슨 일이 벌어질지 알고 있었지만, 자신에게는 장교가 하려는 일을 막을 권리가 없었다. 장교가 그토록 집착하던 사법절차가 사실상 폐지될 상황에 처했다면(그건 어쩌면 여행자 스스로 의무라고 느낀 개입 때문에 그리 되었을지 모른다) 지금 장교가 하고자 하는 행동은 전적으로 옳았다. 여행자가 장교의 입장에 있다고 해도 다르게 행동하지 않았을 것 같았다.

병사와 죄수는 처음엔 아무것도 알아차리지 못했고, 장교의 행동을 거들떠보지도 않았다. 죄수는 손수건을 돌려받은 것이 무척 기뻤지만, 병사가 예기치 않게 잽싼 동작으로 손수건을 빼앗아가는 바람에 그 즐거움을 오래 누리지 못했다. 죄수는 병사가 허리띠에 끼워둔 손수건을 다시 찾아오려고 호시탐탐 기회를 노렸지만, 병사의 경계심은 결코 느슨해지지 않았다. 이렇게 해서 그들은 이제 반쯤 장난삼아 옥신각신했다. 장교가 완전히 발가벗은 뒤에야 두 사람은 심상찮은 분위기를 눈치챘다. 특히 죄수는 무언가 엄청난 반전이 찾아올 것 같은 예감에 충격을 받은 듯했다. 자신에게 일어났던 일이 이제 장교에게 일어나고 있었다. 그것도 어쩌면 극단적인 상황으로까지 이어질 듯했다. 타국의 여행자가 명령을 내렸을 가능성이 컸다. 그렇다면 이건 복수였다. 죄수 자신은 끝까지 고통을 겪지 않았지만, 그에 대한 복수로 이제 장교가 끝까지 고통을 맛보게 될 것 같았다. 죄수의 얼굴에 소리 없는 웃음이 서서히 번져나가더니 사라질 줄 몰랐다.

이윽고 장교가 기계 쪽으로 몸을 돌렸다. 예전에도 분명 이 기계를 잘 알고 있다고 생각했지만, 지금은 자신이 이 기계를 얼마나 잘 다루고 기계가 자신을 얼마나 잘 따르는지 보면서 스스로도 당황스러울 만큼 놀랐다. 그냥 손만 가까이 가져갔을 뿐인데, 써레는 혼자 알아서 몇 번 오르락내리락하더니 자신을 맞을 올바른 위치에 도달했다. 게다가 침대 가장자리만 잡았을 뿐인데 침대가 알아서 더르르 떨기 시작했다. 가죽 재갈이 그의 입을 향해 다가왔다. 장교도 그것만큼은 받아들이고 싶지 않은 눈치였지만, 망설임은 한순간에 그치고 곧 순순히 재갈을 받아들였다. 모든 준비가 끝났다. 다만 가죽 띠만 옆으로 축 늘어져 있었다. 하지만 그건 불필요했다. 스스로를 굳이 묶을 필요가 없었던 것이다. 그때였다. 죄수가 양쪽으로 늘어진 가죽 띠를 발견했다. 자신이 보기에 가죽 띠로 단단히 묶지 않으면 처형이 완성되지 않을 것 같아서, 병사에게 열심히 눈짓해서 둘이 함께 서둘러 장교를 묶으러 갔다. 장교는 그때 이미 도안기를 작동시킬 핸들을 밀어젖히려고 다리 하나를 쭉 뻗고 있다가 두 사람이 온 것을 보고는 다리를 다시 거둬들인 뒤 몸을 묶게 내버려두었다. 이제 그로서는 핸들을 조작할 방법이 없었다. 그렇다고 병사와 죄수가 그것을 찾아내지는 못했다. 더구나 여행자도 꼼짝하지 않기로 이미 마음먹은 상태였다. 하지만 그럴 필요가 없었다. 가죽 띠를 채우자마자 기계는 벌써 작동하기 시작했다. 침대는 떨렸고, 바늘은 피부 위에서 춤을 추었으며, 써레는 위아래로 움직였다. 여행자는 한동안 멍하니 바라보고 있다가 마침내 도안가 속에서 그전에 톱니바퀴 하나가 삐걱거렸던 사실을 기억해냈다. 그러나 이제는 모든 것이 소용해졌고, 윙윙거리는 소리조차 전혀 들리지 않았다.

이 조용한 작업으로 인해 기계는 이내 여행자의 관심에서 벗어났다. 그는 이제 병사와 죄수에게로 시선을 돌렸다. 죄수는 활기차 보였다. 기계의 구석구석이 궁금한지, 어떤 때는 몸을 구부리기도 하고 어떤 때는 몸을 쭉 펴기도 했다. 그러면서 줄곧 집게손가락을 들어 병사에게 무언가를 가리켰다. 여행자는 마음이 편치 않았다. 마지막 순간까지 여기 남아 있기로 결심했지만, 두 사람을 보고 있자니 견딜 수가 없었다.

"집으로 가라." 여행자가 말했다.

병사는 그럴 준비가 된 것처럼 보였지만, 죄수는 이 명령을 형벌로 느꼈다. 그는 두 손을 모으고 제발 여기 남아 있게 해달라고 애원했다. 여행자가 고개를 흔들며 뜻을 굽히지 않자 심지어 무릎까지 꿇었다. 결국 여행자는 명령이 통하지 않음을 깨닫고 두 사람이 있는 쪽으로 건너가 직접 내쫓으려고 했다. 그때 저 위 도안가에서 무언가 소음이 들렸다. 그는 고개를 들었다. 톱니바퀴 하나가 고장 난 것일까? 그러나 어쩐지 좀 달랐다. 도안가의 뚜껑이 천천히 들리더니 완전히 열렸다. 톱니가 서서히 모습을 드러내면서 솟구치더니 곧 톱니바퀴 전체가 나타났다. 마치 어떤 큰 힘이 도안가를 저 밑에서부터 압착하는 바람에 이 바퀴가 더 이상 있을 자리가 없어 올라온 듯한 느낌이었다. 바퀴는 도안가 가장자리까지 빙글빙글 돌아가더니 아래로 툭 떨어졌고, 모래 위에서 꼿꼿이 선 채로 얼마간 굴러가다가 바닥에 쓰러졌다. 그런데 저 위에서는 벌써 다른 바퀴 하나가 솟구쳤고, 뒤이어 거의 구별이 안 되는 크고 작은 바퀴들이 모습을 드러내더니 첫 바퀴가 하던 대로 따라 했다. 이제 도안가 속이 분명 텅 비었을 거라고 짐작하는 순간, 새로운 톱니바퀴들이 다시 떼 지어 솟구치더니 아래로 떨어져 모래 속을 구르다 바닥에 쓰러졌다. 이 일련의 과정 때문에 죄수는 여행자의 명령을 완전히 잊어버렸다. 톱니바퀴들의 군무에 완전히 넋이 나간 듯했다. 그는 톱니바퀴가 떨어질 때마다 잡으려 했고, 병사에게 도와달라고 했다. 하지만 뒤이어 다른 바퀴 하나가 위협적으로 굴러오는 바람에 겁을 먹고 얼른 손을 뺐다.

반면에 여행자는 무척 불안했다. 기계가 산산이 부서진 게 분명했다. 조용히 돌아가는 것은 눈속임이었다. 그는 이제 장교를 돌봐야 할 것 같은 느낌이 들었다. 장교는 더 이상 스스로를 보살필 수가 없는 상황이었기 때문이다. 그런데 낙하하는 톱니바퀴에만 온통 정신이 팔린 나머지 기계의 남은 부분을 살피는 데 소홀했다. 마지막 톱니바퀴가 도안가에서 굴러떨어지고 써레 위로 몸을 숙였을 때 그는 자지러지게 놀랄 만한 또 다른 광경을 목격했다. 써레는 쓰지 않고 찌르기만 했고, 침대는 장교의 몸을 굴리지 않고 더르르 떨면서 바늘이 잘 들어가게 몸을 들어 올리기만 했다. 가능하다면, 여행자는 딩깅이라도 개입해서 이 모든 것을 멈추고 싶었다. 이건 장교가 원한 고문이 아니라 직접적인 살인이었다. 장교는 두 손을 쭉 뻗고 있었다. 그런데 써레는 바늘로 찍은 몸을 벌써 옆으로 들어 올렸다. 보통은 열두 시간이 지나야 일어나는 일이었다. 몸 곳곳에서 핏줄기가 수없이 흘러내렸다. 수관이 고장 났는지 물과 섞이지도 않았다. 마지막 과정에도 이상이 생겼다. 몸이 대바늘과 분리되지 않은 채 계속 피만 흘리면서 구덩이 위에 매달려 있었다. 써레는 예전의 위치로 돌아가고 싶어 하는 듯했지만, 아직 이 짐을 떨쳐내지 못한 걸 스스로 깨닫기라도 한 듯 계속 구덩이 위에 머물러 있었다.

"도와줘!" 여행자는 병사와 죄수를 향해 소리치고는 장교의 두 발을 직접 붙잡았다. 자신은 여기서 두 발을 잡고, 두 사람은 반대편에서 머리를 붙잡아 천천히 바늘에서 장교의 몸을 떼어낼 생각이었다. 그러나 두 사람은 마음을 정하지 못한 것 같았다. 특히 죄수는 아예 몸을 돌리고 있었다. 여행자는 결국 그들에게 건너가 강제로라도 장교의 머리 쪽으로 움직이게 하려고 했다. 그러다 자신의 의지와는 상관없이 시체의 얼굴을 보았다. 살아 있을 때와 같은 얼굴이었다. 약속된 구원의 신호는 발견되지 않았다. 이 기계에서 형벌을 받은 모든 이들이 마지막 순간에 찾았던 것을 장교는 찾지 못했다. 입술은 꼭 다물었고, 눈은 뜨고 있었으며, 표정은 살아 있었고, 시선은 차분하고 확신에 찼고, 이마에는 커다란 쇠바늘 끝이 관통해 있었다.

여행자가 병사와 죄수를 이끌고 유형지의 첫 마을에 이르렀을 때 병사가 한 집을 가리키며 말했다. "여기가 찻집입니다."

이 건물 1층은 벽과 천장이 연기에 그을린 깊고 낮은 동굴 같은 공간이었다. 전면이 거리 쪽으로 뻥 뚫려 있었다. 찻집은 궁전처럼 위풍당당한 사령부 건물을 빼고는 유형지의 다른 나머지 퇴락한 집들과 별반 다를 게 없었지만, 여행자에게는 역사적 기억을 간직한 듯한 인상을 풍겼을 뿐 아니라 이전 시절의 강렬한 힘까지 느껴졌다. 그는 병사와 죄수를 데리고 찻집 앞의 거리에 내놓은 빈 테이블 사이를 걸으며 내부에서 흘러나오는 서늘하고 퀴퀴한 공기를 들이마셨다.

"전임 사령관이 여기 묻혀 있습죠." 병사가 말했다. "사제가 공동묘지에 묻는 걸 거부하는 바람에, 한동안 어디다 묻을지 결정하지 못하다가 결국 여기다 묻은 거죠. 그 이야기는 분명 장교님도 하지 않았을 겁니다. 스스로 가장 부끄러워하는 일이었을 테니까요. 심지어 밤중에 여러 번 묘를 파내려고 하다가 번번이 쫓겨났습죠."

"무덤이 어딘가?" 여행자가 물었다. 병사의 말을 믿지 못하는 눈치였다. 이 말이 떨어지기 무섭게 병사와 죄수는 쪼르르 달려와 무덤 있는 곳을 가리키는 여행자를 찻집 안쪽 벽으로 안내했다. 거기 몇몇 테이블에는 손님들이 앉아 있었다. 번들거리는 짧고 검은 수염을 기른 억센 남자들이었는데, 부두 노동자 같았다. 하나같이 저고리는 입지 않았고, 셔츠는 찢겨 있었다. 가난하고 비천한 사람들이었다. 여행자가 다가가자 몇몇이 자리에서 일어나 벽에 기댄 채 바라보았다.

"이방인이군." 여행자를 두고 수군거리는 소리였다. "무덤을 보러 왔나 봐."

한 테이블을 옆으로 밀치자 그 밑에 정말 비석이 나타났다. 소박한 돌이었는데, 테이블 밑에 숨길 수 있을 만큼 낮았다. 거기엔 무척 작은 글씨로 쓴 비문이 새겨져 있었고, 그걸 읽으려면 무릎을 꿇어야 했다. 거기엔 이렇게 적혀 있었다. "여기 옛 사령관이 잠들다. 이제 이름을 밝힐 수 없게 된 그의 추종자들은 여기에 그의 묘를 파고 비석을 세웠다. 일정 시간이 지나면 사령관이 부활해 이 집에서 추종자들을 이끌고 나가 유형지를 다시 정복할 거라는 예언이 있다. 믿고 기다려라!" 여행자가 비문을 읽고 일어났을 때 남자들이 주변에 서서 웃고 있는 것이 보였다. 마치 함께 비문을 읽고 웃기는 내용이라고 생각하면서, 여행자에게도 자신들의 의견에 동의해주기를 바라는 미소 같았다. 여행자는 짐짓 모른 척하며 동전 몇 푼만 나눠주고 말았다. 그러고는 테이블을 다시 비석 위로 밀어놓을 때까지 기다렸다가 찻집을 나와 부두로 향했다.

병사와 죄수는 찻집에서 지인들 손에 붙잡혔다. 하지만 지인들을 뿌리친 게 분명했다. 여행자가 보트 계류장으로 연결된 긴 계단을 겨우 반쯤 내려갔을 때 두 사람이 벌써 뒤쫓아 왔기 때문이다. 여행자에게 자신들도 데려가달라고 억지를 쓸 모양이었다. 여행자가 밑에서 증기선까지 데려다주는 일로 사공과 흥정을 벌이는 동안 두 사람은 헐레벌떡 계단을 내려오고 있었다. 감히 소리쳐 부를 생각은 하지 못하는 듯했다. 그러나 그들이 밑에 도착했을 때 여행자는 이미 보트에 올랐고, 사공은 막 부두에서 배를 띄웠다. 병사와 죄수에게는 아직 보트에 뛰어오를 여지가 있었지만, 여행자는 매듭을 지은 묵직한 밧줄로 위협하면서 뛰어오르지 못하게 막았다.

새 변호사

변호사 부체팔루스 박사가 새로 왔다. 겉보기에는 마케노니아 일렉산드로스 대왕의 군마였던 시점을 연상시킬 만한 것이 거의 없다. 그러나 상황을 잘 아는 사람이라면 몇 가지 사실을 알아차린다. 최근에 나는 옥외 계단에서 수수한 법원 직원이 경마장을 자주 찾는 전문가의 눈으로 그 변호사에게 경탄을 보내는 것을 보았다. 변호사가 허벅지를 높이 치켜들고 대리석이 쿵쿵 울릴 정도로 힘차게 계단을 올라가는 모습에 감탄한 것이다.

변호사 사무실에는 부체팔루스의 수용을 반대하는 사람이 없다. 오늘날의 사회질서에서 부체팔루스가 어려운 상황에 처해 있고, 따라서 그의 세계사적 중요성 때문에라도 그를 받아들이는 것이 마땅하다고 다들 놀라운 통찰력으로 말한다. 누구도 부인할 수 없는 사실이지만, 오늘날 위대한 알렉산드로스는 존재하지 않는다. 물론 여전히 버젓이 살인을 저지를 줄 아는 사람도 있다. 연회 테이블 건너편에 있는 친구의 가슴을 창으로 능숙하게 찌르는 기술도 부족하지 않다. 많은 사람들에게 마케도니아는 너무 좁고, 그래서 그들은 아버지 필리포스를 저주한다. 하지만 누구도 그들을 인도로 데려가지는 않는다. 당시에도 인도의 성문은 닿을 수 없는 거리에 있었고, 왕의 검은 그들의 방향을 가리키지 않았다. 오늘날 성문은 완전히 다른 곳으로, 더 멀리 더 높은 곳으로 옮겨졌다. 아무도 방향을 알려주지 않는다. 많은 사람이 칼을 쥐고 있지만, 단지 휘두르기 위해서 쥐고 있을 뿐이다. 그들을 따르는 시선은 혼란스럽다.

그 때문에 어쩌면 부체팔루스가 그랬던 것처럼 법률서에 몰두하는 것이 최선일지 모른다. 그는 기사의 사타구니에 더는 억압받지 않고 자유롭게, 은은한 불빛 아래서, 알렉산드로스 전투의 굉음에서 멀리 떨어져 우리 옛 서적의 책장을 넘기며 읽는다.

_____ 서커스 관객석에서

폐병에 걸린 한 허약한 여자 곡마사가 지치지 않는 관객 앞에서 딘강이 무자비하게 휘두르는 채찍에 쫓겨 몇 달 동안 흔들리는 말을 타고 끊임없이 둥근 무대를 빙빙 돌면서 재주를 펼치고 키스를 날리고 허리를 흔든다면, 그리고 이 놀이가 그치지 않는 오케스트라 연주와 환풍기 소리 와중에 증기 해머 같은 손들이 잦아들었다가 다시 커져가는 박수갈채 속에서 점점 활짝 펼쳐지는 잿빛 미래로 계속 달려간다면 아마 한 젊은 관객이 위층 관람석 복도와 긴 계단을 지나 무대로 득달같이 내려와서는 점점 적응해가는 오케스트라의 팡파르를 뚫고 이렇게 외칠지 모른다. 중지!

하지만 이는 사실이 아니기에, 흰색과 빨간색이 섞인 옷을 입은 아름다운 아가씨가 제복을 입은 당당한 남자들이 열어주는 커튼 사이로 날아 들어간다. 말을 얌전히 붙든 채 헌신적인 표정으로 그녀의 눈을 찾고, 그녀 쪽으로 숨을 내쉬던 단장은 마치 그녀가 위험한 여행을 떠나는, 세상 무엇보다 사랑하는 손녀인 듯 조심스럽게 얼룩덜룩 무늬가 있는 백마 위로 들어 올린다. 채찍 신호 내리기를 주저하다가 마침내 극기의 심정으로 채찍을 찰싹 내리치고는 입을 벌린 채 말을 따라 달리면서 날카로운 눈으로 곡마사의 공중 도약을 한순간도 놓치지 않고 따라간다. 그녀의 기교가 이해되지 않는다 싶으면 영어로 경고의 외침을 날리고, 타이어를 든 곡마단원들에게도 극도의 주의력을 요구하고, 위험한 공중 곡예를 앞두고는 오케스트라를 향해 두 손을 높이 들고 연주를 멈추어달라고 부탁한다. 그러다 마침내 떨고 있는 말에서 어린 곡마사를 들어 내리고, 그녀의 두 뺨에 입을 맞추고, 청중이 보이는 어떤 경의도 충분하지 않다고 여긴다. 반면에 곡마사 자신은 먼지로 둘러싸인 채 단장의 부축을 받으며 발끝으로 서서 두 팔을 활짝 벌리고 고개를 뒤로 젖힌 채 서커스를 즐기는 모든 이와 자신의 행복을 나누고자 한다. 이러하기에 아까의 그 관객은 얼굴을 난간에 대고, 마지막 행진이 시작되자 무거운 꿈에 빠진 듯 자신도 모르게 눈물을 흘린다.

____ 한 장의 고문서

우리는 조국을 지키는 일을 너무 등한시해온 듯하다. 우리는 지금껏 그 일에는 전혀 신경을 쓰지 않았고, 오직 우리 자신의 일에만 전념했다. 그런 우리에게 최근의 사건들은 걱정을 안겨준다.

나는 황궁 앞 광장에 작업장을 둔 제화공이다. 새벽에 가게를 열자마자 이리로 합류하는 길목들마다 무장한 남자들이 벌써 진을 치고 있다. 우리 군인들이 아니라 북방에서 온 유목민이 분명하다. 어떤 신출귀몰하는 방법을 썼는지는 몰라도 그들은 국경에서 아주 멀리 떨어진 이곳 수도까지 밀고 들어왔다. 아무튼 그들은 지금 여기 있고, 날이 갈수록 점점 더 많아지는 듯하다.

그들은 천성에 따라 자유로운 하늘 아래서 그냥 야영을 한다. 사면이 가로막힌 집을 싫어하기 때문이다. 그들은 주로 칼을 벼리고, 화살촉을 갈고, 말을 타고 훈련하는 일을 한다. 항상 철저한 청결이 유지되는 이 조용한 광장이 그들로 인해 그야말로 지저분한 마구간이 되어버렸다. 우리는 가끔 가게에서 나가 최소한 정말 고약한 쓰레기라도 치우려고 하지만, 그런 일은 갈수록 드물어진다. 그래봤자 아무 소용이 없을 뿐 아니라 사나운 말에게 걷어차이거나 채찍질에 다칠 위험이 있기 때문이다.

유목민들과의 대화는 불가능하다. 그들은 우리의 언어를 모른다. 아니, 언어 자체가 없는 것에 가깝다. 그들은 갈까마귀와 비슷한 방식으로 서로 소통한다. 광장 어딜 가도 갈까마귀의 울음소리가 계속 들린다. 그들은 우리의 생활 방식과 제도를 이해하려 하지 않고, 관심도 없다. 그런 까닭에 손짓이나 몸짓으로 대화를 나누는 것에도 거부감을 보인다. 만일 당신이 턱을 비틀거나 손목을 돌리는 행동을 보여도 그들은 그 뜻을 이해하지 못하고, 이해하지도 않을 것이다. 그들은 인상을 쓸 때가 많다. 그러고는 눈알을 희번드르르하게 굴리거나 입에 거품을 문다. 물론 그런 행동으로 무슨 말을 하려거나 겁을 주려는 것은 아니다. 그저 그게 그들의 방식이기 때문일 뿐이다. 그들은 필요한 건 모두 그냥 가져간다. 폭력을 사용한다고는 말할 수 없다. 그들이 물건에 손을 대기도 전에 우리는 비켜서서 모든 것을 그들에게 내주기 때문이다.

그들은 내 물건도 많이 가져갔다. 하지만 예를 들어 길건너 정육점 주인이 당한 걸 생각하면 그걸 탓할 수는 없다. 정육점의 물건들은 들어오기 무섭게 모조리 유목민들의 창자 속으로 들어간다. 심지어 그들의 말도 고기를 먹는다. 기마병이 자기 말 옆에 누워 둘이 각자 양쪽 끝에서부터 고깃덩어리를 뜯는 모습이 자주 보인다. 정육점 주인은 두려워서 감히 고기 공급을 중단하지 못한다. 우리도 그걸 이해하고 돈을 모아 그를 지원한다. 유목민들이

고기를 먹지 못하면 무슨 짓을 할지 누가 알겠는가? 물론 매일 고기를 받아도 무슨 짓을 할지 모르는 인간들이다.

최근에 정육점 주인은 최소한 도축의 수고로움이라도 덜었으면 하는 바람으로, 아침에 황소를 한 마리 산 채로 끌고 왔다. 그러나 다시는 그래서는 안 된다, 유목민들이 따뜻한 살점을 뜯어 먹으려고 사방에서 쫓아다니는 바람에 황소가 어찌나 필사적으로 울어대던지 나는 작업장 뒤편 바닥에 아마 한 시간쯤 옷과 담요, 방석을 뒤집어쓰고 누워 있어야 했다. 그러다 사방이 조용해진 지 꽤 시간이 지나 용기를 내어 나가보니 유목민들이 황소 잔해와 술통 주변에 술이 취해 나자빠져 있었다.

바로 그때였다. 나는 황궁의 한 창문에 황제가 몸소 나와 있는 것을 본 듯했다. 평소에는 이런 바깥쪽 방에는 얼씬도 하지 않고 항상 궁궐 가장 안쪽 정원에만 사는 사람이었다. 그런 황제가 어쨌든 내 눈에는 창가에 머리를 숙인 채로 서서 궁궐 앞에서 벌어지는 소동을 내려다보고 있는 것 같았다.

"앞으로 어떻게 될까?" 우리 모두 스스로에게 묻는다. "이런 치욕과 고통을 언제까지 견뎌야 할까? 유목민들을 끌어들인 건 황궁이지만, 그들을 다시 몰아낼 방법은 모른다. 궁궐 문은 요지부동으로 닫혀 있고, 그전에는 항상 엄숙한 자세로 성문을 오가던 경비병들도 창살이 쳐진 창문 뒤에 숨어 있다. 조국을 구하는 일은 우리 수공업자와

상인 들에게 맡겨졌다. 그건 우리가 감당할 수 있는 일이
아니다. 그럴 능력이 있다고 자부한 적도 없다. 그건 오해
고, 우리는 그 때문에 멸망하게 될 것이다."

법 앞에서

  법 앞에 문지기가 서 있다. 시골에서 온 남자가 문지기에게 나아가 법 안으로 들여보내게 해달라고 부탁한다. 문지기는 지금은 허락할 수 없다고 말한다. 남자는 곰곰이 생각하더니, 그럼 나중에는 들어갈 수 있느냐고 묻는다. 문지기가 대답한다. "가능하지. 하지만 지금은 안 돼." 법으로 들어가는 문은 언제나처럼 열려 있고, 문지기는 옆으로 비켜서 있기에 남자는 몸을 구부려 문 안을 들여다본다. 그걸 본 문지기가 웃으며 말한다. "그렇게 마음이 끌리거든 내가 금지하더라도 들어가보게. 다만 내가 힘이 세다는 걸 명심해. 그것도 일개 최말단 문지기인 내가 그래. 홀에서 홀로 넘어갈 때마다 문지기가 서 있는데, 안으로 들어갈수록 더 힘센 문지기가 지키고 있어. 특히 세 번째 문지기는 생긴 것만으로도 오금을 저리게 해." 시골에서 온 남자는 이런 어려움을 미처 예상하지 못했다. 법이란 누구에게나 언제든 열려 있어야 한다고 생각하지만 모피 외투를 입은 문지기를 좀 더 자세히 뜯어본 뒤에는, 그러니까 그의 커다란 뾰족코와 숱이 적지만 긴 타타르풍의 검은 수염을 보고 난 뒤에는 차라리 입장을 허락해줄 때까지 기다리는 편이 낫겠다고 마음먹는다. 문지기는 그에게 등받이 없는 의자를 하나 갖다주더니 문 옆에 앉게 한다. 시골 남자는 이렇게 몇 날 몇 해를 계속 앉아 있다. 그러면서 들어가려고 수없이 시도하고, 그로써 문지기를 지치게 한다. 문지기는 종종 그를 상대로 간단한 심문을 한다. 고향이나 다른 자잘한 것들에 대해 물어보는데, 지체 높은 양반들이 그냥 던져보는 무관심한 질문들과 다르지 않다. 아무튼 문지기는 늘 그런 심문 끝에, 들여보낼 수 없다는 말만 반복한다. 이 여행을 위해 많은 것을 준비해온 남자는 문지기를 구워삶기 위해서라면 아무리 값나가는 물건도 아끼지 않고 사용한다. 문지기는 그런 물건을 모두 받기는 하지만, 늘 이렇게 말한다. "내가 이걸 받는 건 당신이 최선을 다하지 않았다고 자책하지 않게 하기 위해서야." 시골 남자는 여러 해 동안 거의 끊임없이 문지기를 관찰한다. 다른 문지기들이 있다는 사실은 곧 잊어버리고, 이 첫 번째 문지기만이 자신을 가로막는 유일한 장애물인 것처럼 생각한다. 그는 처음 몇 년 동안은 자신의 이 우연한 불행을 가차 없이 큰 소리로 저주하다가, 나중에 늙어서는 그저 혼잣말로 투덜거린다. 그는 점차 유치한 아이가 되어간다. 다년간 문지기를 분석한 끝에 그의 모피 외투 깃에 벼룩이 살고 있다는 것까지 알게 된 뒤로는 그 벼룩에게도 자신을 도와줄 것을, 문지기의 마음을 돌려줄 것을 부탁한다. 이윽고 그의 시력은 약해지고, 동시에 주위가 정말 어두워져서 안 보이는지 아니면 눈이 자신을 속이고 있는지 알지 못한다. 그런 그의 눈에 이제 어둠 속에서 하나의 광채가 보인다. 법의 문에서 꺼질 줄 모르고 새어 나오는 광채다. 지금 그에게는 살날이 얼마 남지 않아 보인다. 죽음을 앞두고 그의 머릿속에서는 지난 세월의 모든 경험이 하나의 질문으로 모인다. 지금껏 문지기에게 한 번도 던지지 않은 질문이다. 그는 문지기에게 가까이 오라고 손짓한다. 몸이 점점 굳어져 더 이상 일으킬 기력조차 없다. 문지기는 그에게로 한껏 몸을 숙인다. 그사이 남자의 체구가 너무 줄어들어 신장 차이가 크게 벌어졌기 때문이다.

"아직도 알고 싶은 게 있나? 당신은 정말 지치지 않는 사람이군." 문지기가 말한다.

"모든 사람이 법을 간절히 원하는데 왜 그 긴 세월 동안 나 말고는 들어가고 싶어 하는 사람이 없었죠?"

문지기는 남자의 죽음이 가까워졌음을 깨닫고, 꺼져가는 청력으로도 알아들을 수 있게 큰 소리로 외친다. "여기는 오직 당신만을 위한 입구로 정해진 곳이라서 다른 사람은 들어갈 수가 없었네. 자, 이제 나는 가서 입구를 닫아야겠어."

____ 자칼과 아랍인

우리는 오아시스에서 야영을 했다. 일행은 자고 있었다. 장대 키의 한 백인 아랍인이 내 옆을 지나 낙타에게 먹이를 주고 잠자리로 향했다.

나는 풀밭에 등을 대고 누웠다. 자고 싶었다. 그러나 잘수가 없었다. 멀리서 들려오는 자칼 울음소리 때문이었다. 나는 몸을 일으켜 앉았다. 지금껏 멀리서 들려오던 것이 갑자기 가까워졌다. 내 주위로 자칼 떼가 몰려왔다. 칙칙한 황금빛으로 빛나는 차분한 눈, 휘두르는 채찍에 따라 자세를 바꾸는 것처럼 규칙적이고 민첩하게 움직이는 날씬한 몸.

한 마리가 뒤에서 다가와 마치 내 온기가 필요하다는 듯이 내 팔 사이로 고개를 디밀고 지나가더니 내 앞에 서서 거의 얼굴을 맞대고 말했다.

"나는 이 지역에서 가장 나이 많은 자칼이다. 아직도 이렇게 살아서 당신을 볼 수 있어 다행이다. 지금까지는 희망의 끈을 거의 놓고 있었다. 너무 긴 시간 동안 당신을 기다려왔기 때문이다. 나의 어머니가 그랬고, 그의 어머니가 그랬고, 모든 자칼의 어머니에 이르기까지 모든 어머니가 그래왔다. 내 말을 믿어라!"

"희한한 일이군." 나는 주변의 장작 더미에 불을 붙여 그

107

연기로 자칼을 내쫓으려던 생각을 잊어버린 채 말했다. "무슨 그런 이상한 말이 다 있지? 나는 그저 우연히 저 먼 북방에서 내려와 짧은 여행을 하려는 것뿐인데, 너희가 나를 내내 기다려왔다니. 자칼, 너희가 원하는 게 뭐지?"

너무나 우호적으로 들리는 이 격려의 말에 고무되었는지 자칼들은 원형으로 내게 점점 더 다가왔다. 다들 짧게 호흡하며 쉿쉿 소리를 내뱉었다.

"우리는 당신이 북방에서 왔다는 걸 안다." 최고 연장자가 말했다. "우리의 희망도 거기에 뿌리를 두고 있다. 그곳에는 여기 아랍인들에게서는 찾아볼 수 없는 분별력이 있다. 알다시피, 아랍인들의 냉정한 오만함에서는 한 점의 분별력도 나오지 않는다. 그들은 먹기 위해 동물을 죽이고, 썩은 고기를 경멸한다."

"너무 큰 소리로 말하지 마." 내가 말했다. "근처에 아랍인들이 자고 있어."

"당신은 정말 이방인이군." 자칼이 말했다. "그렇지 않다면 세계 역사상 자칼이 아랍인을 두려워한 적이 없다는 사실을 알고 있을 텐데. 우리가 그들을 두려워해야 할 이유가 있을까? 그 족속들 사이로 쫓겨난 것도 억울한데?"

"그럴 수도 있겠군." 내가 말했다. "하지만 나와는 별 상관이 없는 일에 대해 뭐라 판단을 내리기 곤란해. 다만 아주 오래된 분쟁인 것 같군. 피로 이어져 내려와 피를 봐야만 끝장낼 수 있는."

"무척 영리하군." 늙은 자칼이 말했다. 다들 한층 빨리 숨을 쉬었다. 가만히 서 있는데도 폐가 헐떡거렸다. 때로는 이를 꽉 다물어야만 참을 수 있는 쓰디쓴 냄새가 그들의 벌어진 입에서 흘러나왔다. "당신은 무척 영리해. 당신이 말한 것은 우리의 옛 가르침과 일치해. 우리가 그들의 피를 취해야만 이 싸움이 끝난다는 거지."

"오!" 내 입에서 원래 의도보다 더 격하게 이 말이 튀어나왔다. "그들은 방어할 거야. 총으로 너희를 무더기로 죽일 거야."

"당신은 저 먼 북방에서도 사라지지 않는 인간의 관점으로 우리를 오해하고 있어. 우리는 인간을 죽이지 않아. 나일강에는 우리를 깨끗이 씻겨줄 물이 많지 않아. 우리는 인간의 살아 있는 몸이 보이는 순간 바로 도망쳐. 좀 더 깨끗한 공기 속으로, 이제 우리의 고향이 된 사막 속으로."

그사이 멀리서 합류해 수가 더욱 불어난 주위의 많은 자칼들이 모두 앞다리 사이에 머리를 숙이고 앞발로 얼굴을 닦고 있었다. 마치 나에 대한 반감을 숨기는 듯했다. 이들의 둥그런 무리에서 펄쩍 뛰어올라 도망치고 싶은 마음이 들 정도로 끔찍한 반감이었다.

"그래서 뭘 어쩌려고?" 나는 이렇게 물으며 일어나려고 했다. 하지만 그럴 수 없었다. 젊은 두 자칼이 뒤에서 내 저고리와 셔츠를 단단히 물었기 때문이다. 나는 계속 앉아 있을 수밖에 없었다.

"저 아이들이 네 옷을 문 건 경의의 표시야." 늙은 자칼이 진지하게 설명했다.

"날 놓으라고 해!" 나는 연로한 자칼과 젊은 두 자칼을 번갈아 보며 소리쳤다.

"당신이 원한다면 당연히 그리 될 것이다. 하지만 시간이 좀 걸려. 저 아이들이 관습대로 네 옷을 꽉 물었다면 이빨을 떼어내는 데도 시간이 걸릴 테니까. 그러는 동안 우리의 부탁을 들어줘."

"너희의 이런 행동이 오히려 내게 거부감을 일으키고 있어."

"우리의 행동이 서툴렀다면 용서해줘." 늙은 자칼의 목소리가 이제 처음으로 도움을 청하는 애절한 어조로 바뀌었다. "우리는 불쌍한 동물이야. 가진 거라고는 이빨밖에 없어. 좋은 일이건 나쁜 일이건 우리가 하려는 일을 위해 남은 건 이빨뿐이라고."

"그래서 원하는 게 뭐야?" 내가 약간 누그러진 목소리로 물었다.

"주여!" 늙은 자칼이 외치자 다른 모든 자칼이 울부짖었다. 마치 아득히 먼 곳에서 들려오는 하나의 멜로디 같았다. "주여, 세상을 둘로 쪼개는 이 싸움을 끝내주소서. 당신은 우리의 선조들이 그 일을 행할 수 있는 사람으로 묘사한 인물과 똑같습니다. 우리가 원하는 건 아랍인들로부터의 평화입니다. 우린 숨을 쉴 수 있는 공기를 원하고, 둥근 지평선에 그들의 모습이 보이지 않기를 원하고, 아랍인들이 도살하는 양의 비통한 울음소리가 들리지 않기를 원합니다. 모든 동물은 평화롭게 죽어야 합니다. 아무 방해 없이 우리에 의해 모든 피를 빨려야 하고, 뼈까지 정화되어야 합니다. 우리가 원하는 것은 정화, 오직 이 정화밖에 없습니다." 이제 모든 자칼이 흐느끼고 울었다. "그대 고귀한 심장과 달콤한 내장이여, 당신은 이 세상에서 그걸 견딜 수 있겠나이까? 저들의 흰색은 더럽고, 저들의 흑색은 더럽습니다. 저들의 수염은 공포입니다. 저들의 눈초리를 보면 침을 뱉을 수밖에 없습니다. 저들이 팔을 들면 겨드랑이에서 지옥이 열립니다. 그러하니 오, 주여, 그러하니 존귀하신 주여, 당신의 전능하신 손으로, 전능하신 당신 손의 도움으로 저들의 목을 자르소서. 이 가위로!" 늙은 자칼이 고개를 홱 돌리자, 다른 자칼이 송곳니에 오랜 녹으로 뒤덮인 작은 바느질용 가위를 물고 다가왔다.

　"저 가위를 끝장내라!" 그사이 바람을 거슬러 살금살금 다가오던 우리 카라반의 아랍인 지도자가 거대한 채찍을 휘두르며 소리쳤다.

　모든 일이 아주 빠르게 일어났지만, 많은 자칼은 조금 떨어진 거리에서 다닥다닥 웅크리고만 있었다. 돌처럼 굳은 모습이 마치 주변에 도깨비불이 날아다니는 길쭉한 장애물처럼 보였다.

"결국 선생도 이 광경을 보고 듣게 되셨군요." 아랍인 지도자는 이렇게 말하며 자기 부족 특유의 겸양이 허락하는 선에서 유쾌하게 웃었다.

"그럼 당신도 이 동물들이 무엇을 원하는지 아시는군요?" 내가 물었다.

"물론이죠, 선생. 너무나 잘 알고 있지요. 아랍인들이 존재하는 한 이 가위는 사막을 떠돌고, 세상이 끝나는 날까지 우리와 함께 떠돌 것입니다. 저들은 유럽인만 나타나면 위대한 과업을 맡아달라면서 이 가위를 내밉니다. 저들에게 모든 유럽인은 소명을 받은 사람처럼 보입니다. 부질없는 희망이죠. 저 동물들은 바보입니다, 진정한 바보죠. 우리가 저들을 사랑하는 것도 그 때문입니다. 저들은 우리의 개입니다. 당신들의 개보다 더 아름다운 개죠. 이제 보세요, 어떤 일이 벌어지는지. 밤중에 낙타 한 마리가 죽었는데, 내가 이리로 갖고 오게 했습니다."

짐꾼 넷이 와서 육중한 낙타 사체를 우리 앞에 던졌다. 사체가 바닥에 닿자마자 자칼들은 목소리를 높이더니, 마치 하나의 밧줄에 저항할 수 없이 끌려가듯 하나씩 바닥에 배를 스치며 주춤주춤 접근했다. 그들은 아랍인을 잊었고 증오심도 잊었다. 오직 모든 것을 지워버리는 현재의 강력한 사체 냄새에 완전히 매료된 듯했다. 한 녀석이 이미 사체의 목에 매달려 단번에 동맥을 깨물었다. 도저히 끌 수 없는 불을 필사적으로 끄려고 빠르게 움직이는 작은 펌프처럼 녀석의 모든 근육이 경련을 일으키듯 실룩거렸다. 그러는 동안 모든 자칼이 이미 사체에 산처럼 달라붙어 똑같은 일을 하고 있었다.

그때 카라반 지도자가 자칼들의 머리 위로 매섭게 채찍을 이리저리 휘둘렀다. 자칼들은 고개를 들었다. 피에 취해 몽롱한 표정이었다. 그들은 눈앞의 아랍인들을 보았고, 이제 주둥이로 채찍을 느끼고는 뒤로 풀쩍 물러나 약간 도망쳤다. 그러나 저 앞에 낙타의 피가 웅덩이처럼 고여 있었고, 거기서 연기가 피어올랐으며, 사체는 이미 여기저기가 찢겨 있었다. 그들은 이 유혹에 도저히 저항하지 못하고 다시 달려들었다. 카라반 지도자의 채찍이 다시 공중을 갈랐고, 나는 그의 팔을 잡았다.

"그래요, 선생, 당신 말이 맞습니다." 지도자가 말했다. "저들의 소명은 저들에게 맡겨둬야죠. 자, 이제 떠날 시간입니다. 이제 당신도 봤으니 어떻습니까? 정말 신기한 동물들 아닌가요? 우리를 얼마나 미워하는지도 아시겠죠?"

_____ 탄광 방문

오늘 최고의 엔지니어들이 우리가 있는 지하로 왔다. 새로운 생을 선설하는 성영진의 지시로 일단 측정을 하러 온 것이다. 참으로 젊고 참으로 다양한 사람들이었다. 그들은 각자 방식대로 자유롭게 발전했으며, 젊은 나이임에도 각자 확고한 특성이 아무 제한 없이 뚜렷이 드러났다.

첫 번째 남자는 검은 머리에다 활기가 넘쳤고, 쉴 새 없이 여기저기로 눈길을 보낸다.

두 번째 남자는 수첩을 들고 걸으면서 계속 무언가를 그리고, 두리번거리고, 비교하고, 메모한다.

양손을 외투 주머니에 찔러 넣고 있어서 옷이 몸에 찰싹 달라붙어 보이는 세 번째 남자는 꼿꼿이 걸으며 기품을 지키려 한다. 다만 끊임없이 입술을 깨물고 있는 모습에서 참을성 없고 억제할 수 없는 젊음이 드러난다.

네 번째 남자는 세 번째 엔지니어가 요구하지 않는데도 계속 설명을 이어간다. 세 번째 남자보다 키가 작은 그는 마치 유혹자처럼 나란히 걸으며 항상 집게손가락을 치켜들고 여기저기서 무언가가 나타날 때마다 장광설을 늘어놓는다.

서열이 가장 높아 보이는 다섯 번째 남자는 누구의 동행도 허용하지 않고, 어떤 땐 앞에서 어떤 땐 뒤에서 따라간다. 일행은 그의 속도에 따라 보폭을 조율한다. 그는 파리하고 허약해 보이고, 책임감으로 눈이 퀭하다. 이마에 손을 올린 채 생각에 잠길 때가 많다.

여섯 번째와 일곱 번째 남자는 약간 구부정한 자세로 거의 서로 머리를 붙인 채 팔짱을 끼고 친밀한 대화를 나누며 걷는다. 만일 여기가 탄광이 아니고, 깊은 갱도의 작업장이 아니라면 뼈가 불거지고 수염이 없고 코가 뭉툭한 이 두 신사는 젊은 성직자라고 해도 믿을 만하다. 한 사람은 주로 고양이처럼 가르랑거리는 소리를 내며 웃고, 다른 사람도 마찬가지로 미소를 지으면서 자유로운 손으로 박자를 맞춰가며 말을 한다. 두 신사가 자신의 분야에서 얼마나 확고한 위치를 갖고 있는지, 혹은 이렇게 젊은 나이에도 우리 광산에 지금껏 어떤 큰 공을 세웠는지는 몰라도, 이렇게 중요한 행사에서 상사가 눈앞에 버젓이 있는데도 사적인 대화 혹은 현재 업무와 전혀 상관없는 이야기를 어떻게 저렇게 태연히 나눌 수 있는지 놀랍다. 아니면, 저렇게 웃고 떠들고 주의를 기울이지 않는 듯해도 실제로는 필요한 모든 것을 꼼꼼히 챙기고 있는 것일까? 이런 신사들에 대해서는 명확한 판단을 내리기가 어려워 보인다.

반면에 여덟 번째 남자는 의심할 바 없이 이 두 사람, 아니 다른 모든 신사들보다 월등하게 집중력이 높아 보인다. 모든 것을 만져볼 뿐 아니라 주머니에서 항상 작은 망치를 꺼내 톡톡 두드려보고는 다시 주머니에 넣는다. 어떤 때는 우아한 옷차림에도 불구하고 더러운 바닥에 무릎을 꿇고 앉아 바닥을 두드려보고, 어떤 때는 걸어가면서 벽이나 머리 위의 천장을 두드리기도 한다. 심지어 한번은 바닥에 실세 누워 한참을 그대로 있었다. 우리는 사고가 일어난 줄 알았다. 하지만 남자는 얼마 뒤 날씬한 몸을 살짝 움찔하면서 벌떡 일어났다. 방금도 무언가를 조사한 것이다. 우리는 이 광산과 암석에 대해 잘 안다고 생각하지만, 이 엔지니어가 여기서 이런 식으로 끊임없이 조사하는 것이 무엇인지는 종잡을 수 없다.

아홉 번째 남자는 측정 장비가 실린 유모차처럼 생긴 수레를 밀고 간다. 부드러운 솜으로 정성스럽게 감싼 매우 값비싼 장비다. 원래는 사무국 직원이 수레를 밀어야 하지만, 그에게 이 일을 맡기지 않는다. 보다시피 한 엔지니어가 다가와 기꺼이 그 일을 한다. 가장 나이가 어려 보이는 그는 어쩌면 모든 장비를 다 이해하는 것 같지는 않다. 하지만 항상 이 장비들에 시선이 머물러 있어서 가끔은 수레가 벽에 부딪힐 위험에 처하기도 한다.

그때마다 수레와 나란히 걸어가면서 수레가 벽에 부딪히는 것을 막아주는 다른 엔지니어가 있다. 이 장비들을 기본적으로 잘 아는 눈치인데, 장비의 실제 관리자인 듯하다. 때로 그는 수레를 멈추지 않은 상태에서 일부 장비를 꺼내 살펴보고, 나사를 조이거나 풀고, 흔들고 두드리고, 귀에 대고 유심히 듣는다. 그러다 대개 수레를 멈춘 상태에서, 수레를 끌고 가던 사람이 멀리서는 거의 정체를 알 수 없는 그 작은 물건을 마침내 매우 조심스럽게 다시 수레에 싣는다. 이 엔지니어는 약간 권위적으로 보인다. 물론 장비 때문에 그러는 듯하다. 우리는 그의 말없는 수신호에 따라 수레가 도착하기 열 걸음 전에 미리 옆으로 비켜서야 한다. 심지어 비킬 자리가 없는 곳에서조차.

이 두 신사 뒤에는 사무국 직원이 할 일 없이 걷고 있다. 신사들은 그들의 해박한 지식에 비추어보면 당연하다는 듯이 거만함을 내려놓은 지 오래지만, 직원은 거만함을 자기 속에 차곡차곡 쌓아둔 듯하다. 한 손은 뒷짐을 지고, 다른 한 손은 도금한 단추나 제복의 고급 천을 쓰다듬으면서 자주 좌우로 고개를 끄덕거린다. 마치 우리가 인사를 하고 자신은 묵묵히 인사를 받는 것처럼, 혹은 우리가 인사를 했다고 생각하지만 자신의 눈높이에서는 확인할 수 없다는 듯이. 우리는 당연히 그에게 인사를 하지 않았지만, 그가 하는 꼴을 보면 광산 사무국 직원이라는 것이 얼마나 고약한지 알 수 있을 듯하다. 물론 우리는 그의 등 뒤에서 웃는다. 하지만 천둥소리조차 그의 등을 돌리게 할 수 없기에 그는 여전히 이해할 수 없는 존재로서 우리의 경의를 받는다.

오늘은 일을 별로 하지 않는다. 장시간 일이 중단되었다. 이런 방문은 일에 대한 모든 생각을 앗아간다. 모두가 사라진 시험 갱도의 어둠 속에서 신사들의 뒷모습을 지켜보는 것은 너무 유혹적이다. 게다가 우리의 교대 근무도 곧 끝난다. 우리는 신사들의 귀환을 볼 수 없을 것이다.

_____ 이웃 마을

　내 할아버지는 늘 이렇게 말씀하시곤 했다. "인생은 놀라울 정도로 짧아. 지금까지의 삶은 내 머릿속에 한 줌의 기억으로밖에 남아 있지 않아. 예를 들어 나는 한 젊은이가 우연한 불행은 차치하고라도 행복하게 흘러가는 일상적인 삶의 시간조차 그런 행보를 하기에는 결코 충분하지 않다는 사실을 염려하지 않고 어떻게 이웃 마을에 말을 타고 가기로 결정할 수 있었는지 도무지 이해가 안 될 정도야."

_____ 황제의 메시지

    황제는 그대에게, 각 개인에게, 가련한 신민에게, 황제의 태양에서 아주 머나먼 곳으로 도망친 미세한 그림자에게, 그런 그대에게 임종을 앞둔 침대에서 메시지를 보냈다고 한다. 그는 침대 옆에 사자使者를 무릎 꿇린 다음 그의 귀에다 메시지를 속삭였다. 그러고는 그게 얼마나 소중했던지, 사자에게 메시지를 자신의 귀에 반복해서 말하게 했다. 황제는 고개를 끄덕임으로써 전달된 말에 이상이 없음을 확인했다. 이어 자신의 죽음을 지켜보는 모든 신료들 앞에서 사자를 파견했다. 방해가 되는 벽은 모두 무너졌고, 넓고 높게 진동하는 옥외 계단에는 제국의 대신들이 고리 모양으로 서 있었다. 사자는 즉시 출발했다. 지칠 줄 모르는 힘센 남자였다. 이제 그는 두 팔을 번갈아 힘차게 뻗으며 군중을 뚫고 나아간다. 방해하는 것이 있으면 태양의 표시가 새겨진 자기 가슴을 가리키면서 다른 누구보다 쉽게 전진한다. 그러나 군중은 너무 많고, 집들은 끝이 없다. 넓은 들판이 나오면 날아서라도 갈 기세다. 곧 그가 주먹으로 그대의 대문을 두드리는 놀라운 소리가 들릴 듯하다. 하지만 그 대신 그는 얼마나 쓸데없는 노력을 하고 있는지! 사자는 여전히 가장 안쪽 궁궐의 방들을 간신히 비집고 들어간다. 이 방들을 통과하기란 쉽지 않다. 성공한다고 해도 그걸로 끝이 아니다. 계단을 내려가는 것도 고역이다. 이 역시 성공한다고 해도 끝이 아니다. 이제는 궁궐의 안뜰들을 가로질러야 한다. 안뜰 다음에는 중앙의 궁궐을 둘러싼 두 번째 궁궐을 지나야 한다. 그런 다음에는 다시 계단과 안뜰을 지나고, 다시 궁궐을 건너고, 그렇게 수천 년을 계속 지나야 한다. 그러다 마침내 가장 바깥쪽 문에서 나가면(물론 그런 일은 결코 일어나지 않는다) 이제 눈앞에 제국의 수도가 버티고 있다. 세상의 침전물이 한가득 쌓인 세계의 중심이다. 누구도 여기를 통과하지 못한다. 특히 죽은 자의 메시지를 갖고서는. 그대는 저녁이 되면 창가에 앉아 그 메시지를 꿈꾼다.

가장의 걱정

혹자는 '오트라데크Odradek'라는 단어가 슬라브어에서 유래했다고 하면서 이를 토대로 그 조어를 증명하고자 한다. 다른 혹자는 그게 독일어에서 유래했고 슬라브어에서는 그저 영향만 받았을 뿐이라고 생각한다. 이 두 해석의 불확실성을 고려하면 둘 다 옳지 않다고 결론을 내림이 타당해 보인다. 왜냐하면 무엇보다 그중 어느 것으로도 이 단어의 의미를 밝힐 수 없기 때문이다.

물론 '오트라데크'라는 실체가 존재하지 않는다면 누구도 그런 연구를 하지 않을 것이다. 이것은 일단 편편한 별 모양의 실패처럼 생겼고, 실제로도 실이 감겨 있는 것 같다. 물론 끊어지고 낡은 다양한 색깔과 형태의 실이 매듭으로 연결된 채 서로 얽혀 있을 뿐이지만. 이것은 단순한 실패를 넘어 별 중앙에 작은 가로대가 튀어나와 있고 이 막대에 직각으로 또 다른 가로대가 연결되어 있다. 이 두 번째 막대기와 반대편의 한 별 모양 모서리 덕분에 전체 형태는 마치 두 다리로 꼿꼿이 설 수 있을 듯하다.

이를 보고 누군가는 이 형체가 예전에는 모종의 기능적인 형태를 갖추고 있었는데 그게 지금은 부러진 거라고 믿고 싶은 유혹에 빠질 수 있다. 그러나 이는 사실이 아닌 듯하다. 어쨌거나 그런 흔적은 보이지 않는다. 어디에도

122

그와 비슷한 것을 보여주는 시작점이나 부러진 곳은 찾을 수 없다. 이것은 전체적으론 무의미해 보이지만 그 자체로는 완벽하다. 그 외에 이 물건에 대해 더 자세하게 덧붙일 말은 없다. 오트라데크는 굉장히 기동성이 뛰어나서 붙잡을 수가 없기 때문이다.

이 물건은 다락방, 계단실, 복도, 현관에 번갈아 가며 출몰한다. 가끔은 몇 달씩 보이지 않을 때도 있다. 그럴 때면 다른 집으로 옮겨 갔을 가능성이 높다. 하지만 결국은 우리 집으로 다시 돌아온다. 때로는 문을 열고 나갔을 때 그게 아래 계단 난간에 기대서 있는 것을 보고 말을 걸고 싶은 욕구가 든다. 물론 어려운 질문은 던지지 않고, 그 작은 크기 때문에 어린아이처럼 대한다.

"이름이 뭐야?" 우리가 묻는다.

"오트라데크." 그가 말한다.

"어디 살아?"

"정해진 곳은 없어." 그가 웃는다. 폐 없이도 낼 수 있는 웃음인데, 바스락거리는 낙엽 소리 같다. 대화는 대개 여기서 끝난다. 이런 대답조차 항상 들을 수 있는 것은 아니다. 그는 생긴 대로 나무처럼 장시간 침묵할 때가 많다.

나는 그에게 무슨 일이 일어날지 궁금해하지만 부질없다. 그도 죽을까? 죽는 것은 모두 그전에 일종의 목표나 활동을 갖고 있기 마련이고, 그로써 만신창이가 되기 일쑤다. 그러나 오트라데크는 그렇지 않다. 그렇다면 앞으

123

로 언젠가 내 자식과 손자 들의 발밑에서도 실패를 질질 끌며 계단을 굴러 내려갈까? 그가 누구에게도 해를 끼치지 않는 건 분명하다. 하지만 그가 나보다 더 오래 살아남으리라는 생각은 고통스럽기까지 하다.

___ 열한 명의 아들

내게는 아들이 열하나 있다.

첫째는 겉보기엔 매우 볼품없지만 진지하고 영리하다. 그럼에도 나는 이 아이를 그리 높이 평가하지 않는다. 어릴 때는 남들이 자식을 사랑하는 것만큼 이 아이를 사랑했음에도 말이다. 첫째의 생각은 너무 단순해 보인다. 좌우를 돌아보지도 않고 멀리 내다보지도 않는다. 그저 자기만의 작은 사고 틀에 갇혀 끊임없이 이리저리 쫓아다니거나 방향을 바꾼다.

둘째는 아름답고, 날씬하고, 몸도 탄탄하다. 펜싱 할 때 보면 황홀하기까지 하다. 또한 영리하고 세상 물정에도 밝다. 많은 것을 보았기에 여기 토박이들조차 집안 식구들보다 이 아이와 이야기 나누는 걸 좋아한다. 그러나 이런 장점은 분명 여행 덕분만이 아니다. 아니, 본질적으로 보면 결코 여행 덕분이라고 할 수 없고, 오히려 누구도 흉내 낼 수 없는 아이의 특성 덕분이다. 모두가 인정하는 특성을 하나 들자면, 이 아이가 여러 번 몸을 뒤틀면서 완벽하게 물속으로 뛰어내리는 다이빙 기술은 다들 따라 하고 싶어 한다. 그러나 쉽지 않다. 다이빙 보드까지는 어떻게든 용기와 의지를 갖고 다가가지만, 막상 보드 위에 서면 뛰어내리지 못하고 갑자기 주저앉고는 미안하다는 듯이 두 팔을 들어 올리고 만다. 사실 이런 자식을 둔 것을 기뻐해야 하지만, 이 모든 것에도 불구하고 나는 이 아이와의 관계에서 문제가 없지 않다. 아이의 왼쪽 눈은 오른쪽보다 약간 작고, 자주 깜박인다. 물론 작은 결점일 뿐이다. 그것도 실제보다 얼굴을 한결 더 단호하게 만드는 사소한 결점이다. 다가가기 어려운 이 아이의 타고난 폐쇄성에 비하면 자주 깜박거리는 작은 눈은 사실 탓할 게 아니다. 하지만 내가 그걸 탓한다. 이 아비가. 마음이 아픈 것은 당연히 이 신체적 결함이 아니라, 그에 상응하는 정신의 작은 부조화, 혈액 속에 떠도는 모종의 독, 그리고 나만 알아보는 삶의 소질을 완성하지 못하는 모종의 무능력이다. 하지만 다른 한편으로 보면, 이게 바로 이 아이를 나의 진짜 아들로 만드는 이유다. 그 결점은 우리 가족 모두의 결점이기도 하고, 다만 이 아이에게서만 유난히 뚜렷하게 드러난 것뿐이기 때문이다.

셋째 아들도 아름답긴 하지만 내가 좋아하는 외모가 아니라, 가수의 아름다움이다. 활 모양으로 흰 입술, 몽환적인 눈, 느낌을 살리려면 주름진 머리카락이 필요한 얼굴, 지나치게 부풀어 오른 가슴, 쉽게 올라가고 쉽게 내려오는 손, 지탱할 힘이 없어 얌전 빼는 듯한 다리. 게다가 목소리에는 울림이 없고, 순간적으로 속여 전문가도 잠시 귀를 기울이게 하지만 곧 식어버린다. 대체로 이 모든 것은 셋째를 과시하고 싶은 유혹을 불러일으키지만, 나는 드러내지 않는 쪽을 택한다. 아이 자신도 나서려 하지 않는다. 자신의 결점을 잘 알아서가 아니라 순진해서다. 또한 아이는 자기 자신을 우리 시대의 낯선 존재로 느낀다. 마치 내 가족이기는 하지만 영원히 잃어버린 다른 가족의 일원이기라도 한 것처럼 의욕이 없을 때가 많고, 어떤 것으로도 활기를 얻지 못한다.

아마 가장 사교적인 아들은 넷째일 것이다. 이 시대의 진정한 자식으로서 누구하고나 말이 잘 통하고, 모두와 공통의 기반에 서 있으며, 다들 이 아이를 보면 고개를 끄덕여주고 싶은 유혹을 느낀다. 어쩌면 이런 전반적인 인정 때문에 아이의 성정에는 약간의 가벼움이, 행동에는 약간의 자유분방함이, 판단에는 약간의 거리낌 없음이 깃들어 있는지 모른다. 사람들은 아이의 말을 자주 반복하고 싶어 한다. 물론 일부 말만 그렇다. 전체적으로 보면 경박하게 느껴질 만큼 가벼울 때가 많기 때문이다. 이 아이는 경탄을 자아낼 만큼 멋지게 뛰어내려 제비처럼 공중을 가르다가 곧 황폐한 먼지 속으로 비참하게 추락하고 마는 보잘것없는 사람과 비슷하다. 이런 생각들 때문에 나는 이 아이를 보는 것이 즐겁지 않다.

다섯째는 사랑스럽고 착하다. 자신이 지킬 수 있는 것보다 훨씬 적은 것을 약속한다. 남들과 있는 자리에서는 존재감이 전혀 느껴지지 않을 정도로 하찮지만, 그런 가운데에도 웬만큼 존경을 받는다. 어떻게 그런 일이 일어날 수 있는지 묻는다면 나는 답하기 어렵다. 다만 격하게 요동치는 이 세상의 수많은 요소들을 가장 쉽게 통과할 수 있는 것이 천진함이라면 우리 아이는 천진하다. 아니, 어쩌면 너무 천진하다. 아이는 누구에게나 친절하다. 아니, 어쩌면 너무 친절하다. 고백건대, 사람들이 내 앞에서 아이를 칭찬하면 나는 마음이 편치 않다. 내 아들처럼 칭찬받아 마땅한 사람을 칭찬하더라도 칭찬이 너무 쉽게 이루어진다는 느낌을 지울 수 없기 때문이다.

여섯째는 어쨌든 겉보기에는 가장 생각이 깊은 아들인 듯하다. 평소엔 풀기가 없지만 일단 입을 열면 수다쟁이다. 그 때문에 감당하기가 쉽지 않다. 자기가 열세에 놓이면 한없는 슬픔에 빠지고, 우위에 서면 수다로 상황을 유지한다. 하지만 나는 이 아이에게 어떤 몰아의 열정이 있음을 부인하지 않는다. 아이는 대낮에도 마치 꿈결처럼 생각의 험로를 헤쳐나갈 때가 많다. 몸이 아프지 않은데도(사실 이 아이는 매우 건강하다) 가끔 비틀거린다. 특히 해질 녘에 그렇다. 하지만 도움은 필요하지 않고 넘어지지도 않는다. 아마 이런 현상의 원인은 특별한 신체 발달에 있는 듯하다. 나이에 비해 키가 너무 큰 것이다. 그로 인해 손발 같은 신체 개별 부위는 눈에 띌 정도로 아름답지만, 전체적으로는 매력적이지 않다. 게다가 이마도 못생겼다. 피부든 뼈 모양이든 어쩐지 쭈글쭈글한 느낌이다.

일곱째는 다른 어떤 아들들보다 더 내 아들 같다. 세상은 아이의 진가를 모른다. 이 아이 특유의 농담도 이해하지 못한다. 아이를 과대평가하는 것이 아니다. 특별히 뛰어난 게 없는 아이라는 건 나도 잘 안다. 그러나 세상이 이 아이의 진가를 몰라주는 잘못 외에 다른 어떤 잘못도 저지르지 않았다면, 그래, 세상은 여전히 완벽할 것이다. 나는 가족 중에서 이 아이만큼은 잃고 싶지 않았다. 아이는 전통에 대한 불안과 외경심을 동시에 불러일으키지만, 적어도 내 느낌엔 이 둘을 하나의 부인할 수 없는 전체로 결합하고 있는 듯하다. 그러나 아이 자신은 이 전체를 도무지 어떻게 해야 할지 모르고, 미래의 수레바퀴도 굴리지 못한다. 나만 아이의 그린 성향만큼은 무척 고무적이고 희망적이다. 나는 이 아들이 자식을 낳고, 그 자식이 또 자식을 낳기를 원했다. 하지만 안타깝게도 이 소망은 이루어지지 않을 것처럼 보인다. 아이는 나로선 충분히 이해가 되지만 남들은 완전히 다르게 평가하는, 바람직하지 않은 자기만족의 자세로 혼자 정처 없이 떠돌고, 여자에겐 관심을 보이지 않고, 그럼에도 결코 유쾌함을 잃지는 않을 것이다.

여덟째 아들은 걱정거리다. 사실 그럴 만한 이유는 딱히 없다. 아이는 나를 낯선 사람 보듯 바라본다. 물론 나는 여전히 끈끈하게 연결된 부자의 연을 느낀다. 시간이 지나면서 많은 것이 좋아졌다. 예전에는 이 아이를 생각하는 것만으로도 가끔 몸이 떨렸다. 아이는 자신의 길을 간다. 나와의 연을 모두 끊어버리고. 지금도 어디선가 단단한 두개골과 작고 다부진 몸을 이끌고 분명 잘 헤쳐나가고 있을 것이다. 어릴 때는 다리가 부실한 게 걱정이었지만 그사이 괜찮아졌을 것이다. 나는 아이를 다시 불러들여 징벌 잘 사는지, 왜 아비와 이렇게 연을 잃고 사는지, 근본적으로 무엇을 할 계획인지 물어보고 싶은 마음이 굴뚝같지만, 아이는 지금 너무 멀리 떨어져 있고 어느덧 시간도 많이 흘렀다. 이젠 저대로 살도록 내버려둘 수밖에 없을 듯하다. 듣기로는 내 아들들 중에서 유일하게 수염을 덥수룩하게 길렀다고 하는데, 그렇게 작은 체구에는 당연히 어울리지 않는다.

아홉째 아들은 매우 우아하고, 여성들에게만 어울리는 달콤한 시선을 갖고 있다. 눈길이 어찌나 달콤한지 경우에 따라선 나조차 유혹할 수 있을 듯하지만, 그 눈에 담긴 천상의 광채는 젖은 스펀지만으로도 충분히 지워버릴 수 있음을 나는 안다. 그런데 이 아이의 특별한 점은 그런 시선으로 남을 유혹할 마음이 전혀 없다는 것이다. 오히려 평생 소파에 누워 천장을 바라보는 것으로 시선을 낭비하거나 눈꺼풀 아래 묻어두는 편을 더 선호한다. 아이는 이렇듯 자기가 좋아하는 자세로 누워 있으면 나쁜 말을 하지 않고 즐겁게 말한다. 그것도 간단하고 명확하게. 하지만 이야기의 범위는 좁다. 어쩔 수 없이 그 범위를 넘어서야 할 경우, 말은 완전히 공허해진다. 잠이 그득한 아이의 시선이 그것을 알아차릴 희망이 조금이라도 보이면 우리는 아이에게 그만하라고 손짓이라도 할 텐데.

　열째는 부정직한 성정을 가진 아이다. 나는 이 결함을 부정하지 않지만, 전적으로 인정하고 싶지도 않다. 분명한 건 이 아이가 나이보다 훨씬 엄숙한 모습으로 다가오는 것을 본 사람이라면, 그러니까 항상 단단히 여민 프록코트, 낡았지만 세심하게 손질한 검은 모자, 무표정한 얼굴, 약간 튀어나온 턱, 눈 위에 무겁게 부풀어 오른 눈꺼풀, 가끔 입술을 문지르는 두 손가락, 이런 모습으로 다가오는 것을 본 사람이라면 누구나 대번에 못 말리는 위선자라고 생각한다. 하지만 이제 이 아이가 말하는 것을 지켜보라! 지적이고, 신중하고, 불필요한 말은 하지 않고, 음흉한 생동감으로 질문을 막고, 세상 전체와 놀랍도록 자명하고 즐거운 일체감 속에서 말을 한다. 듣다 보면 어쩔 수 없이 목에 힘을 주면서 고개를 들게 되는 일체감이다. 스스로 매우 똑똑하다고 여기고, 앞서 언급한 그런 이유로 우리 아이의 외모에서 거부감을 느끼는 사람들 중에는 아이의 말에 강하게 끌리는 이들이 많다. 하지만 외모에는 별 눈길을 주지 않으면서 우리 아이의 말에서 위선을 느끼는 사람도 있기 마련이다. 아비로서 나는 여기서 결론을 내리고 싶지는 않지만, 솔직히 말해 후자의 판단이 어쨌든 전자보다 더 주목할 가치가 있다는 점은 인정할 수밖에 없다.

열한 번째 아들은 섬세하다. 아마 내 아들들 중에서 가장 연약할 듯하다. 하지만 이 약점은 기만적이다. 아이도 때로 강하고 확고한 면을 보이기 때문이다. 물론 그럼에도 그 약점은 어떤 식으로든 뿌리 깊다. 그렇다고 부끄러운 약점은 아니고, 우리가 사는 이 땅에서만 약점으로 보일 뿐이다. 그렇게 보면, 가령 날겠다는 의지도 약점이 아닐까? 하늘을 나는 게 흔들리고 불확실하고 팔락거린다는 이유로? 내 아들이 그런 모습을 보여준다. 아비로서는 당연히 그런 특성이 달갑지 않다. 그것들은 분명 가족의 파괴를 노린다. 가끔 이 아이는 마치 이렇게 말하는 듯한 눈으로 나를 바라본다. '아버지를 데리고 갈게요.' 그러면 나는 생각한다. '너는 내가 가장 믿지 않는 아들이야.' 그러면 아이의 시선은 다시 이렇게 말하는 듯하다. '설령 그렇다 하더라도요.'

이게 내 열한 명의 아들이다.

_____ 형제 살인

　살인은 다음과 같은 방식으로 이루어졌음이 증명되었다.

　달빛이 환하게 비치는 밤 9시경, 살인자 슈마르는 골목 어귀에 서 있었다. 희생자 베제가 자신의 사무실이 있는 골목에서 집이 있는 골목으로 방향을 틀어야 하는 길목이었다.

　밤공기는 모두의 몸을 떨게 할 만큼 차가웠다. 그러나 얇은 파란색 옷만 입은 슈마르는 저고리 단추까지 풀었는데도 전혀 추위를 느끼지 못했다. 게다가 살인 무기, 즉 대검 같기도 하고 식칼 같기도 한 무기를 숨기지 않고 손에 꽉 쥔 채 계속해서 몸을 움직이고 있었다. 그는 달빛에 칼을 비추어보았다. 칼날이 번쩍거렸다. 그러나 이 정도로는 충분하지 않은 모양이었다. 그는 바닥 포석에 칼날을 내리쳤다. 불꽃이 일었다. 순간 후회하는 마음이 들었는지, 칼날의 손상을 복구하려고 부츠 밑창에다 칼날을 대고 바이올린 활처럼 갈았다. 그렇게 몸을 구부리고 한쪽 다리로 선 채 부츠 바닥에 칼 갈리는 소리를 들으면서, 동시에 운명의 옆 골목으로 유심히 귀를 기울였다.

　근처 3층 창문에서 이 모든 광경을 지켜보던 사인私人 팔라스는 왜 이 모든 것을 용납했을까? 인간 본성을 탐구해볼 일이다! 아무튼 그는 펑퍼짐한 몸에 잠옷을 걸치고

옷깃을 올린 채 고개를 절레절레 흔들며 아래를 내려다보고 있었다.

여기서 다섯 집 건너 대각선상에 위치한 집 창가에서는 가벼운 잠옷 차림에 여우 모피를 두른 베제 부인이 오늘따라 유난히 늦는 남편을 기다리고 있다.

마침내 베제 사무실의 현관종이 울린다. 현관종치고는 소리가 어찌나 큰지, 도시의 하늘 위로 높이 울려 퍼진다. 여기 골목에서는 아직 보이지 않지만 밤늦게까지 열심히 일한 베제가 거리로 나섰음을 알려주는 소리다. 곧이어 포석이 그의 차분한 발걸음을 하나둘 세기 시작한다.

팔라스는 몸을 앞으로 더 내민다. 이제부터는 아무것도 놓쳐서는 안 된다. 베제 부인은 남편 사무실의 종소리에 안심하고 딸그락 창문을 닫는다. 그사이 슈마르는 바닥에 무릎을 꿇고 앉는다. 지금은 맨살로 드러난 다른 신체 부위가 없는지라 얼굴과 양손만 바닥 포석에 갖다 댄다. 만물이 얼어붙는 지금 슈마르의 몸만 뜨겁게 불타오른다.

베제는 골목이 갈라지는 경계점에서 걸음을 멈추더니 지팡이에만 의지한 채 선다. 바로 건너편 골목 어귀다. 기분이 좋다. 밤하늘이 유혹적이다. 검푸른 하늘과 황금빛 달빛. 그는 아무것도 모른 채 공중을 지그시 응시하고, 아무것도 모른 채 모자를 살짝 들어 올리더니 머리카락을 쓰다듬는다. 저 위 어디서도 눈앞의 미래를 예고해주는 것은 보이지 않는다. 만물이 각자 무의미하고 불가해한

134

자리에 머물러 있다. 베제가 계속 나아가는 것은 그 자체로 매우 이성적인 행동이지만 그가 향하는 곳은 슈마르의 칼끝이다.

"베제!" 슈마르가 발끝으로 서서 팔을 쭉 뻗은 채 칼을 날카롭게 내리치며 소리친다. "베제! 율리아의 기다림이 허사가 되겠군!" 슈마르는 베제의 목을 오른쪽 왼쪽 번갈아 찌르더니 마지막으로 복부를 향해 칼끝을 깊이 박아 넣는다. 몸이 찢어진 순간 물쥐가 내는 것과 비슷한 소리가 베제의 입에서 새어 나온다.

"끝났어!" 슈마르는 이렇게 말하더니, 이제 불필요한 바닥짐이나 다름없는 피 묻은 칼을 가까운 집의 입구로 던진다. "살인의 행복! 안도감, 흐르는 타인의 피를 통한 이격한 자극! 밤의 늙은 그림자이자, 친구이자, 술친구인 너 베제는 이제 어두운 길바닥으로 가라앉는다. 네가 피로 가득 찬 거품이 되면 안 될 이유가 있을까? 내가 네 위에 걸터앉고, 네가 완전히 사라지면 안 될 이유가 있을까? 모든 것이 성취되는 것은 아니고, 모든 꽃의 꿈이 무르익는 것도 아니다. 너의 무거운 찌꺼기는 이제 여기 누워 있고, 어떤 발걸음도 너에게 다가가지 못한다. 이로써 네가 던지는 침묵의 질문은 무엇인가?"

몸속에서 어지럽게 올라오는 온갖 독을 꾹꾹 누르고 있던 팔라스는 날개 문 형태의 현관문 앞에 서 있다. "슈마르! 슈마르! 모든 것을 봤어. 아무것도 놓치지 않았어." 팔라스와 슈마르는 서로를 탐색하듯이 노려본다. 팔라스는 만족하고, 슈마르는 끝에 이르지 못한다.

베제 부인이 양쪽으로 군중을 몰고 급히 달려온다. 공포로 얼굴이 그새 폭삭 늙어버렸다. 그녀는 모피 외투가 활짝 열린 채로 남편의 몸 위로 엎어진다. 이제 잠옷 입은 몸은 베제의 것이고, 무덤 위 잔디처럼 부부를 덮은 모피는 군중의 것이다.

마지막 메스꺼움을 간신히 꾹꾹 참고 있던 슈마르는 자신을 경쾌한 발걸음으로 끌고 가는 경찰관의 어깨에 입을 갖다 댄다.

──── 꿈

요제프 K는 이런 꿈을 꾸었다.

아름다운 날이었고, K는 산책을 가려 했다. 그런데 두 걸음밖에 떼지 않았는데 벌써 공동묘지였다. 거기엔 비실용적으로 구불구불한 매우 인위적인 길이 있었지만, 그는 그 길을 마치 물살을 가르듯 꼿꼿하게 떠가는 자세로 미끄러져 갔다. 멀리서도 막 흙을 파낸 봉분이 눈에 띄었고, 그는 거기서 멈추고 싶었다. 봉분은 거의 유혹과도 같았다. 하지만 아무리 서둘러도 그곳으로 갈 수 없을 것 같았다. 가끔은 굽이치고 힘차게 서로 휘감는 깃발들에 가려져 분묘는 거의 보이지 않았다. 깃발을 든 사람들의 모습은 보이지 않았지만, 그곳엔 마치 환호가 함께하는 듯했다.

그가 여전히 먼 곳으로 시선을 향하는 동안 갑자기 옆의 길가에서, 아니 벌써 뒤의 길가에서 똑같은 봉분이 보였다. 그는 서둘러 잔디 위로 뛰어내렸다. 뛰어내리는 발밑에서는 길이 계속 무서운 속도로 질주하고 있었기에 그는 비틀거렸고, 봉분 바로 앞에 무릎을 꿇고 떨어졌다. 무덤 뒤에서는 두 남자가 비석을 공중에 들고 서 있었는데, K가 나타나자마자 땅에 내리꽂았다. 이제 비석은 마치 단단한 벽처럼 서 있었다. 순간 세 번째 남자가 덤불에서 나왔다. K는 이 남자가 예술가임을 즉시 알아보았다. 남자는 단추를 제대로 채우지 않은 셔츠와 바지만 입고 있었다. 머리에는 벨벳 모자를 쓰고 손에는 평범한 연필을 들고 있었는데, 다가오면서부터 그것으로 공중에다 인물들을 그렸다.

이제 그는 연필을 비석의 상단 표면에 갖다 댔다. 비석은 매우 높아서 원래는 몸을 구부릴 필요가 없었지만, 그는 무덤을 밟지 않으려고 비석에서 좀 떨어지는 바람에 부득이 몸을 구부릴 수밖에 없었다. 이렇게 해서 발꿈치를 든 채 왼손을 비석 표면에 대고 몸을 지탱했다. 그러고는 아주 능숙한 솜씨로 평범한 연필을 이용해 황금빛 글자를 쓰는 데 성공했다. 거기엔 이렇게 적혀 있었다. '여기에 잠들다─' 이 정갈하고 아름다운 글자는 완벽한 금으로 깊이 새겨졌다. 그는 두 단어를 쓰고 나서 K를 돌아보았다. 비문의 다음 내용이 무척 궁금했던 K는 남자에게는 거의 신경을 쓰지 않고 비석만 바라보았다. 남자도 실제로 다시 쓰기 시작하려는 듯했다. 그러나 모종의 장애물이 있는지 쓰지 못했고, 연필을 내려놓더니 K에게로 다시 몸을 돌렸다. 이제 K도 예술가를 바라보았고, 이 남자가 무척 당황해하는 걸 알아차렸다. 이유는 말할 수 없었다. 남자가 발산하던 이전의 활력은 모두 사라졌다. 그 때문에 이제 K도 당황했다. 두 사람은 속절없이 시선만 교환했다. 누구도 풀지 못하는 끔찍한 오해가 생겨났다. 때아니게 묘지 예배당에서 작은 종이 땡땡 울리기 시작했다. 예술가가 손을 내젓자 종소리는 멈추었다. 그러다 잠시 후 종소리가 다시 시작되었다. 이번에는 매우 낮았고, 특별한 지시가 없는데도 즉각 중단되었다. 마치 자신의 소리를 스스로 시험하려는 것뿐인 듯했다. K는 예술가의 처지가 슬퍼 울기 시작했고, 한참 동안 두 손으로 입을 막고 흐느꼈다. 예술가는 K가 진정될 때까지 기다리더니 마침내 더는 다른 방법이 없다는 듯 계속 쓰기로 마음먹었다. 그가 처음으로 그린 작은 획은 K에게 구원이었다. 하지만 예술가는 그것을 극도의 반감과 함께 완성한 것이 분명했다. 글자는 더 이상 아름답지 않았고, 무엇보다 금빛이 사라진 듯했다. 선은 창백하고 불확실하게 그어졌다. 다만 글자만 매우 커졌다. J자였다. 이 글자가 거의 완성되었을 때 예술가는 화를 이기지 못하고 한 발로 봉분을 짓밟았고, 그와 동시에 흙이 사방으로 튀어 올랐다. 마침내 K는 그를 이해했다. 그에게 사죄할 시간은 더 이상 없었다. 그는 열 손가락으로 흙을 팠고, 흙은 별 저항 없이 파헤쳐졌다. 모든 것이 준비된 듯했다. 다만 겉보기에만 얇은 지각地殼이 버티고 있었다. 지각 바로 밑에서 경사진 벽들과 함께 커다란 구멍이 하나 열렸고, K는 부드러운 물살에 등을 돌린 채 그 안으로 빠져 들어갔다. 그가 아래에서는 여전히 고개를 꼿꼿이 든 채 헤아릴 길 없는 깊이로 추락하는 동안 위에서는 그의 이름이 강력한 장식과 함께 비석 위로 치닫고 있었다.

　그는 이 광경에 황홀한 채 깨어났다.

───── 양동이를 타는 남자

석탄이 없다. 양동이가 휑하다. 이제 삽질은 무의미하다. 난로는 냉기만 내뿜고, 온 방 안에 한기만 서려 있다. 창밖의 나무들은 서리를 맞아 뻣뻣하다. 하늘은 도움을 청하는 자들을 가로막는 은빛 방패다. 석탄을 구해야 한다. 이대로 얼어죽을 수는 없다. 내 뒤에는 무정한 난로가 있고, 내 앞에는 마찬가지로 하늘이 있기에 나는 그 사이를 매섭게 달려, 중간에 있는 석탄 상인에게 도움을 청해야 한다. 평소 나의 요청에 별 반응이 없던 사람이다. 그런 사람에게 이제 내 집에 석탄가루조차 남아 있지 않고, 따라서 그가 내게는 말 그대로 저 하늘의 태양이라는 사실을 명확히 증명해야 한다. 거지처럼 가야 한다. 굶주림으로 다 죽어가는 사람처럼 문턱에 서서 손을 내밀고, 그 때문에 영주의 요리사가 커피 찌꺼기라도 던져줄 마음이 생길 만큼 애처로운 거지꼴로 가야 한다. 석탄 상인도 화는 내겠지만, '살인하지 말라!'는 계명의 등불 아래서 내 양동이에 분명 한 삽 가득 석탄을 던져줄 것이다.

무엇을 타고 갈지가 결정적이다. 그래서 양동이를 타고 가기로 한다. 나는 양동이 기사로서 계단 위에서는 아주 단순한 고삐인 손잡이를 잡고 계단을 힘겹게 내려가고, 아래에서는 양동이에 멋지고 화려하게 올라탄다. 바닥에

납작 엎드린 낙타들이 지도자의 작대기 아래서 몸을 흔들며 우아하기 그지없게 일어난다. 얼어붙은 골목길을 율동적인 총총걸음으로 나아간다. 2층 높이까지 몸이 붕 뜰 때가 많지만, 대문까지 내려가는 경우는 없다. 상인의 아치형 지하실 앞에서 나는 유난히 높이 뜬다. 상인은 서 아래 작은 테이블에 웅크리고 앉아 글을 쓰고 있는데, 방 안의 과도한 열기를 내보내려고 문을 열어두었다.

"석탄 상인님!" 나는 너무 추워 목구멍이 오그라든 듯한 목소리로 소리친다. 입에서 뿜어져 나오는 입김이 나를 감싼다. "석탄 상인님, 제발 저에게 석탄 좀 주세요. 양동이가 벌써 텅 비어버려서 이렇게 타고 올 정도예요. 자비를 베풀어주세요. 석탄 값은 되는 대로 빨리 지불하겠습니다."

상인이 귀에다 손을 갖다 댄다. "무슨 소리 들리지 않아?" 그가 난로 옆에서 뜨개질을 하는 아내에게 어깨너머로 묻는다. "분명 무슨 소리가 들렸어. 고객인가 봐."

"난 아무 소리도 못 들었는데요." 아내가 뜨개바늘 위에서 차분하게 숨을 들이마시고 내쉬면서 말한다. 등 뒤에서는 난로 열기가 쾌적하게 흘러나온다.

"맞아요, 나예요!" 내가 소리친다. "충성스러운 오래된 고객. 다만 지금은 돈이 없지만."

"여보, 누가 왔어." 상인이 말한다. "밖에 누가 있다고. 그 정도도 못 들을 만큼 귀가 어둡지는 않아. 아주 오래된 고객이 틀림없어. 나한테 애타게 할 말이 있는 모양이야."

"무슨 소리예요?" 여자는 이렇게 말하더니 하던 일을 잠시 멈추고 뜨개질감을 가슴에 끌어안는다. "아무도 없어요. 골목에 개미 새끼 한 마리 없다고요. 우리 고객들은 전부 석탄을 받아 갔어요. 우린 며칠간 가게 문을 닫고 쉬어도 돼요."

"아니에요, 나 여기 양동이에 타고 있어요." 내가 소리를 지른다. 무감각한 눈물이 눈앞을 가린다. "제발, 위를 쳐다봐요. 그럼 내가 바로 보일 거예요. 한 삽만 부탁해요. 두 삽을 주신다면 뛸 듯이 기쁠 거예요. 다른 고객들은 모두 석탄이 있어요. 아, 벌써 양동이에서 덜거덕거리는 소리가 들려요!"

"내가 갈게." 상인이 짧은 다리로 지하실 계단을 오르려고 하자 아내가 달려와 남편의 팔을 붙잡으며 말한다. "가지 말아요. 고집을 꺾지 않겠다면 내가 올라갈게요. 오늘 밤 기침이 더 심해지면 어쩌려고 그래요. 당신은 장사 때문에, 그것도 혼자 착각한 장사 때문에 아내와 자녀를 잊고 자기 폐를 희생시키려 해요. 내가 갈게요."

"그럼 저 사람한테 우리 창고에 있는 석탄 종류를 전부 말해줘요. 가격은 내가 나중에 소리쳐서 알려줄 테니까."

"알았어요." 골목으로 올라간 여자는 당연히 나를 바로 발견한다.

"부인이 나오셨군요." 나는 소리친다. "편안하신지요.

석탄 한 삽만 부탁드립니다. 여기 양동이에요. 그것만 주
시면 바로 집으로 가겠습니다. 가장 질 낮은 석탄도 상관
없습니다. 한 삽만 주십시오. 돈은 당연히 정상 가격으
로 드리겠습니다. 다만 지금 당장은, 지금 당장은 안 되고
요.'

'지금 당장은, 지금 당장은 안 된다' 는 두 마디가 얼마나
종소리처럼 울리는지, 그리고 인근 교회 탑에서 들려오는
저녁 종소리와 얼마나 감각적으로 혼란스럽게 뒤섞이는지!

"그래, 저 사람이 원하는 게 뭐래?" 상인이 밑에서 소리
친다.

"없어요." 아내가 소리친다. "아무도 없어요. 여긴 아무
것도 안 보이고, 아무 소리도 안 들려요. 6시 종소리만 울
려요. 이제 문을 닫아야겠어요. 엄청나게 추워요. 내일은
무척 바쁘겠어요."

여자는 아무것도 안 보이고 아무 소리도 들리지 않는다
면서도 앞치마 끈을 풀더니 앞치마로 나를 쫓아버리려 한
다. 불행히도 그건 성공한다. 나의 양동이는 사람이 탈 수
있는 동물이라면 갖고 있는 장점을 모두 갖고 있다. 저항
을 모르고, 무척 가볍다. 여자의 앞치마에 쫓겨 양동이는
바닥에서 다리를 떼고 내뺀다.

"나쁜 년!" 내가 소리치는 순간 여자는 가게로 돌아서더
니, 반은 경멸스럽게 반은 만족스럽게 손으로 허공을 내
리친다. "나쁜 년! 가장 질 낮은 석탄을 한 삽만 부탁했는

데도 너는 주지 않았어." 이로써 나는 얼음산 지대로 올라가 다시는 볼 수 없게 된다.

___ 첫 슬픔

 알다시피 대형 보드빌 극장의 둥근 천장에서 펼쳐지는 공중그네 기술은 인간이 달성할 수 있는 기술 중에서 가장 어려운 것에 속하는데, 어느 공중그네 예술가는 한 극장에서 계속 일할 때면 처음엔 오직 완벽함을 추구하려는 마음에서, 나중엔 폭압적으로 변해버린 습관에서 밤낮 할 것 없이 오로지 공중그네 위에서만 머무는 생활 방식을 고수했다. 어차피 많지도 않은 필수품은 밑에서 교대로 지켜보는 하인들이 특수 제작한 용기에 담아 위로 올려 보냈다. 이런 생활 방식이 주변에 특별히 문제를 일으키는 것은 없었다. 다만 다른 프로그램이 진행 중일 때는 그가 숨을 생각도 하지 않고 위에 머물러 있는 것이 약간 방해가 되긴 했다. 대개 얌전히 앉아 있는데도 이따금 관객석 여기저기서 그에게로 시선을 보냈기 때문이다. 경영진은 대체 불능의 비범한 예술가라는 이유로 그런 그를 용서했다. 또한 그가 악의에서 저러는 것이 아니라 지속적인 연습으로 자신의 예술을 완벽하게 유지하려는 마음에서 저런다는 사실도 다들 알고 있었다.

 공중에서의 삶은 보기보다 건강했다. 심지어 온화한 계절이면 돔 천장 옆쪽으로 빙 둘러가며 설치해놓은 창문들이 열리고, 거기서 햇빛이 맑은 공기와 함께 어둑해지는 공간으로 밀려들 때면 아름답기까지 했다. 물론 타인과의 접촉은 극히 제한적이었다. 가끔 동료 체조 선수가 줄사다리를 타고 올라오면 둘이 나란히 공중그네에 앉아 좌우 그넷줄에 몸을 기댄 채 수다를 떨거나, 수리를 위해 지붕에 올라온 기술자가 열린 창문으로 그와 몇 마디를 주고받거나, 아니면 소방관이 맨 꼭대기 관객석에서 비상등을 점검할 때 알아듣기 힘들지만 무언가 경의를 담은 말을 외치곤 했다. 이런 것들 말고는 한없이 고요했다. 다만 어느 날 오후, 이따금 텅 빈 극장을 서성이던 한 직원이 시선이 닿지 않을 만큼 아득한 높이에서 공중그네를 타는 예술가를 생각에 잠긴 표정으로 올려다보곤 했다. 누군가 자신을 지켜보는 줄도 모르고 계속 기술을 연마하거나 잠시 휴식을 취하는 예술가를.

공중그네 예술가는 공연 특성상 불가피하게 이곳에서 저곳으로 옮겨 다니는 일만 없었다면 아무 방해 없이 평화롭게 살았을 것이다. 그건 극도로 성가신 일이었다. 물론 극단주는 공중그네 예술가의 고통이 불필요하게 길어지는 것을 막으려고 무던히 애썼다. 도시들 사이를 이동할 때면 경주용 차량을 이용해서, 가능한 한 늦은 밤이나 이른 아침의 인적 없는 거리를 최고 속도로 질주했다. 하지만 그조차 공중그네 예술가의 갈망에 비하면 너무 느렸다. 기차로 이동할 때는 칸막이 객석을 통째로 빌려, 공중그네 예술가가 옹색하지만 그래도 평소 습관을 웬만큼 유

147

지할 수 있도록 짐을 올려놓는 위쪽 그물망에서 지내게 했다. 다음 객연 공연장에서는 공중그네 예술가가 도착하기 훨씬 전에 이미 공중그네가 설치되었고, 공연장으로 들어가는 문은 죄다 활짝 열어두었으며, 통로까지 모두 깨끗이 치워졌다. 이런 상태에서 공중그네 예술가가 들어와 밧줄 사다리에 첫발을 올려놓고, 이어 저 위 공중그네 꼭대기에 매달리는 것을 보는 것은 극단주의 인생에서 항상 가장 아름다운 순간이었다.

그런데 극단주가 이렇듯 수많은 여행을 아무리 성공적으로 마무리하더라도 새로운 이동은 번번이 그에게 고통이 되었다. 이런 여행은 다른 건 차치하더라도 공중그네 예술가의 신경을 곤두서게 하는 일이었기 때문이다.

아무튼 그들은 이런 식으로 다시 한번 이동했다. 공중그네 예술가는 짐 그물에 누워 꿈을 꾸었고, 극단주는 맞은편 창가에 기대 책을 읽고 있었다. 그때 공중그네 예술가가 조용히 말을 걸었다. 극단주는 즉각 들을 준비를 했다. 공중그네 예술가는 입술을 깨물며 말했다. 지금까지는 자신의 공연을 위해 하나의 그네만 필요했다면 이제는 하나가 더 필요하다. 그것도 서로 마주 보는 두 개의 공중그네가. 극단주는 즉각 동의했다. 그러나 공중그네 예술가는 마치 극단주의 이런 동의가 반대만큼이나 무의미하다는 것을 보여주려는 듯, 이제 다시는, 어떤 상황에서도 결코 하나의 공중그네만으로는 공연하지 않겠다고 말했다. 그는 어쩌면 그런 일이 일어날 수도 있다는 생각만으로 몸서리가 쳐지는 듯했다. 극단주는 머뭇머뭇 예술가의 동정을 살피더니 다시 한번 완벽한 동의를 표했다. 두 개의 공중그네가 하나보다 낫고, 이 새로운 설비가 다른 점에서도, 그러니까 공연 내용을 더욱 다채롭게 한다는 점에서도 더 유리하다는 것이다. 그때였다. 공중그네 예술가가 갑자기 울기 시작했다. 깜짝 놀란 극단주가 벌떡 일어나 무슨 일이냐고 물었고, 대답이 없자 좌석 위로 올라가 예술가를 어루만지며 얼굴을 맞댔다. 이제 공중그네 예술가의 눈물이 그의 얼굴로 흘러내렸다. 많은 질문과 비위를 맞추는 말 끝에야 공중그네 예술가는 울먹이며 입을 열었다.

"양손에 하나의 봉만 쥐고 어떻게 살 수 있겠습니까!"

극단주로서는 이제 공중그네 예술가를 위로하는 것이 한결 쉬워졌다. 그는 바로 다음 역에서 객연 공연장으로 전보를 쳐 공중그네를 하나 더 준비해놓으라고 하겠다고 약속했다. 그러고는 오랫동안 그네 하나만 타게 한 자신을 자책하면서 이렇게 실수를 지적해준 예술가에게 감사와 칭찬을 아끼지 않았다. 극단주는 이런 식으로 공중그네 예술가를 천천히 진정시키고는 구석 자리로 돌아갔다. 그런데 이제 진정되지 않은 것은 자신이었다. 그는 책 너머로 몹시 근심스러운 표정을 지으며 공중그네 예술가를 몰래 살펴보았다. 이런 생각이 일단 그를 괴롭히기 시작했다면 그걸 완전히 멈추는 게 가능할까? 오히려 점점 더 짙어지지 않을까? 그런 생각은 실존에 위협이 되지 않을까? 실제로 극단주는 이제 울음을 멈추고 겉으론 평화롭게 자고 있는 것 같은 공중그네 예술가의 아이처럼 매끄러운 이마에 첫 주름이 나타나기 시작한 것을 보았다.

다리

　나는 뻣뻣하고 차가웠다. 나는 다리였고, 절벽 위에 걸쳐져 있었다. 이쪽에는 발끝이, 저쪽에는 양손이 박혀 있었고, 나는 바스러지는 진흙 속에 단단히 파묻혀 있었다. 내 저고리 자락이 양옆으로 팔락거렸다. 저 아래에서는 얼음처럼 차가운 송어 개천이 굉음을 내며 흘러갔다. 길을 잃은 여행객도 이 아찔한 높이로는 들어서지 않았고, 다리는 아직 지도에 표기조차 되지 않았다. 이렇게 해서 나는 누워서 기다렸다. 기다릴 수밖에 없었다. 일단 지어진 다리는 무너지지 않는 이상 다리가 되는 걸 그만둘 수 없다.

　한번은 저녁 무렵이었다. 그게 처음이었는지, 천 번째였는지는 모른다. 내 생각은 항상 이렇게 뒤죽박죽이었고, 항상 맴돌았다. 여름날의 저녁 무렵이었다. 개천이 좀 더 짙은 색으로 흘러가고 있을 때 나는 남자 발소리를 들었다! 나에게로, 나에게로 오는 소리였다. 다리여, 몸을 뻗어라. 난간 없는 들보여, 일어나 앉아 너에게 맡겨진 저 자를 붙잡아라. 발걸음에서 느껴지는 불안을 눈에 띄지 않게 없애버려라. 그런데도 저자가 흔들리면 네 모습을 드러내고, 마치 산신처럼 땅으로 던져버려라.

남자가 와서 스틱 쇠끝으로 나를 톡톡 두드리더니 내 저고리 자락을 쓱 한번 훑고는 내 몸 위에서 정리해주었다. 이어 쇠끝으로 내 덥수룩한 머리카락을 쓸고는 아마 미친 듯이 주위를 두리번거리면서 한참 동안 내 머리카락 속에 박아두었다. 그러다 내가 막 산과 계곡 너머로 그를 쫓는 꿈을 꾸고 있을 때 남자는 마침내 두 발로 내 몸 한가운데에 뛰어내렸다. 나는 전혀 예상하지 못한 상태에서 끔찍한 고통으로 몸서리쳤다. 이게 누구지? 아이인가? 꿈인가? 노상강도? 자살자? 유혹자? 파괴자? 나는 그를 보려고 몸을 돌렸다. 다리가 몸을 돌린 것이다! 내 몸이 아직 완전히 돌아서지 않았을 때 나는 벌써 추락했고, 또 추락했다. 나는 거칠게 흘러가는 물속에서 항상 나를 그렇게 평화롭게 바라보던 뾰쪽한 돌멩이들에 벌써 갈기갈기 찢기고 갈라졌다.

_____ 농장 문을 내리치다

어느 무더운 여름날이었다. 나는 누이와 함께 집으로 가는 길에 한 농장 문을 지나갔다. 나는 누이가 악의에서 그 문을 내리쳤는지, 그냥 아무 생각 없이 쳤는지, 아니면 주먹으로 위협만 가하고 치지는 않았는지 모른다. 마을은 왼쪽으로 굽어지는 시골길에서 백 걸음 정도 떨어진 지점에서부터 시작했다. 우리는 그것을 몰랐지만, 첫 집을 지나자마자 사람들이 나와 우리에게 손짓을 했다. 우호적인 뜻인지 경고의 뜻인지는 몰라도 다들 깜짝 놀라고 공포에 질려 허리를 숙였다. 그들은 우리가 지나간 농장을 가리키며, 우리가 문을 내려친 것을 상기시켰다. 농장주들이 우리를 고소할 것이고 곧 조사가 시작되리라는 것이다. 나는 침착함을 유지하면서 동생을 안심시켰다. 누이는 실제로 문을 치지 않았다. 설령 그리 했더라도 세상 어디에도 증거는 없다. 나는 사람들에게도 이를 납득시키고자 했고, 그들은 내 말에 귀를 기울이면서도 판단을 유보했다. 나중에 그들은 내 누이뿐 아니라 오빠인 나도 고소를 당할 거라고 말했다. 나는 웃으면서 고개를 끄덕였다. 우리 모두는 마치 멀리서 피어오르는 연기구름을 보며 화염을 기다리는 사람들처럼 농장을 돌아보았다. 아니나 다를까, 우리는 곧 활짝 열린 농장 문 안으로 말을 타고 들어가는 사람들을 보았다. 먼지가 피어올라 모든 것이 가려졌다. 단지 긴 창의 끝부분만 번쩍거렸다. 이 무리는 농장 안으로 사라지는가 싶더니 곧장 말 머리를 돌려 우리를 향해 달려왔다. 나는 누이에게 여긴 내가 알아서 정리할 테니 어서 여길 떠나라고 재촉했다. 누이는 나를 혼자 내버려두고 가기를 거부했다. 나는 좀 더 나은 옷차림으로 신사들 앞에 나타나려면 최소한 옷이라도 갈아입어야 한다고 말했다. 마침내 동생도 내 말을 받아들이고 집으로 먼 길을 떠났다. 말을 탄 자들은 어느새 우리 곁에 도착했고, 말에 탄 채로 내 누이의 행방을 물었다. 나는 누이가 지금 여기 없고, 하지만 나중에 다시 올 거라고 가슴을 졸이며 대답했다. 그들은 내 대답을 심드렁하게 받아들였다. 중요한 건 무엇보다 나를 찾는 일이었던 모양이다. 무리의 핵심은 두 신사였다. 하나는 젊고 활기찬 판사였고, 다른 하나는 아스만이라는 이름의 조용한 조수였다. 나는 농가 방으로 들어가라는 지시와 함께 천천히 고개를 흔들고 멜빵을 당기며 신사들의 날카로운 시선 아래서 움직이기 시작했다. 나는 여전히 믿고 있었다. 말 한마디면 도시민인 내가 이 농촌 인간들로부터 벗어날 수 있을 거라고, 그것도 명예롭게 벗어날 수 있을 거라고. 그런데 문지방을 넘는 순간 이미 나를 기다리고 있던 판사가 튀어나오며 말했다. "이 남자는 참 안됐군." 이게 나의 현 상태를 말하는 것이 아니라 앞으로 내게 닥칠 일을 뜻한다는 데는 의심의 여지가 없었다. 방은 농가라기보다 감방에 더 가까워 보였다. 어두운 공간, 커다란 석조 타일, 아무 장식이 없는 벽, 벽을 쌓을 때부터 박아 넣은 것 같은 철제 고리, 그리고 중앙에 놓인 나무 침상 같기도 하고 수술대 같기도 한 물건.

나는 앞으로 감옥의 공기와 다른 공기를 맛볼 수 있을까? 그게 가장 큰 문제다. 아니, 그건 석방될 가능성이 아직 남아 있을 때나 그렇다.

_____ 잡종

　내게는 특이한 동물이 하나 있다. 반은 작은 고양이고, 반은 양이다. 아버지에게 물려받은 소중한 유산인데, 내 시절에야 제대로 성장했다. 예전에는 고양이보다 양의 특성이 훨씬 많았다면 지금은 둘 다 비슷하다. 머리와 발톱은 고양이고, 크기와 형체는 양이다. 그 밖에 둘의 특성이 섞인 부분도 있다. 팔락거리는 불꽃 같으면서도 온화한 눈, 부드러운 털과 꽉 조이는 가죽, 펄쩍펄쩍 뛰면서도 살금살금 기어가는 움직임 같은 것들이다. 어떤 때는 햇볕이 내리쬐는 창턱에 앉아 몸을 둥글게 만 채 가르랑거리고, 어떤 때는 잡는 게 불가능할 정도로 미친 듯이 풀밭을 뛰어다닌다. 또한 고양이를 만나면 도망치고, 양을 만나면 덮치려고 하고, 달밤에는 처마로 다니는 걸 좋아하면서도 야옹 소리는 내지 못하고, 쥐를 끔찍이 싫어하고, 반면에 닭장 옆에서 몇 시간씩 배를 깔고 잠복하고, 그러면서도 실제로 죽이려고 덤벼드는 일은 없다. 나는 녀석에게 달콤한 우유를 먹이는데, 녀석은 이게 아주 잘 맞는지 맹수의 이빨 너머로 꿀꺽꿀꺽 시원하게 빨아 마신다. 아이들에게 이만큼 좋은 구경거리는 없다. 방문 시간은 일요일 오전이다. 내가 녀석을 무릎에 안고 있으면 온 동네

아이들이 주위에 몰려든다. 어떤 인간도 답할 수 없는 온갖 이상한 질문이 튀어나온다. 나는 다른 수고를 할 필요가 없다. 더 이상의 설명 없이 그저 내가 가진 것을 보여주는 것만으로 충분하다. 가끔 아이들이 고양이를 데려왔고, 심지어 어떤 때는 양 두 마리를 데려오기도 했다. 그러나 아이들의 기대와는 달리 동물들이 서로를 알아보는 일은 일어나지 않았다. 녀석들은 동물의 눈으로 서로를 차분하게 바라보았고, 각자의 존재를 거룩한 사실로서 받아들이는 게 분명했다.

내 무릎에 앉아 있을 때 녀석에게는 불안한 기색도 없고, 무언가를 뒤쫓고 싶은 욕구도 없다. 내 품에 안겨 있는 것을 가장 편하게 여긴다. 녀석은 자신을 키워준 가족을 잘 따른다. 그건 어떤 비범한 충성심에서가 아니라, 지상에 수많은 인척이 있지만 어쩌면 혈족은 단 하나도 없고, 그 때문에 녀석이 우리에게서 찾은 보금자리를 신성하게 여기는 동물의 올바른 본능 덕분일 것이다. 가끔 녀석이 내 주위를 돌며 냄새를 맡고, 내 다리 사이를 비집고 지나가고, 나와 어떻게든 떨어지지 않으려고 할 때면 웃음이 난다. 양과 고양이로는 충분하지 않아 이제 개까지 되려고 하는 게 아닌가 싶을 정도다. 나는 진지하게 그 비슷한 걸 믿는다. 녀석 안에는 아주 다른 양태지만 두 가지 불안이 있다. 고양이의 불안과 양의 불안이다. 그렇기에 피부가 녀석에게 너무 죄는 느낌이다. 어쩌면 정육점 주인이

가진 칼이 이 동물에게 구원이 될지 모르지만, 소중한 유
산인 녀석에게 차마 그럴 수는 없다.

옆집 남자

    내 사업은 전적으로 내 책임으로 이루어진다. 대기실에는 타자를 치고 장부를 작성하는 여자 직원이 둘 있고, 내 방에는 책상과 금고, 상담 테이블, 소파, 전화기가 놓여 있다. 이게 내가 일하는 장비의 전부다. 관리하기도 쉽고 꾸려가기도 쉽다. 나는 무척 젊고, 사업은 잘 굴러간다. 나로선 불평할 게 없다. 불평할 게 없다.

    내가 미숙한 판단으로 오랫동안 임차를 망설였던, 그간 계속 비어 있던 작은 옆 사무실에 새해부터 한 젊은 남자가 들어왔다. 대기실이 딸린 방 하나에 주방까지 있는 공간이다. 지금도 가끔 일이 많다고 느끼는 두 젊은 직원이야 생각이 다르겠지만, 나는 이 방과 대기실만큼은 어떻게든 사용할 수 있을 것 같았다. 하지만 부엌은 무슨 용도로 사용해야 할까? 내가 이 집을 다른 사람에게 빼앗긴 것도 다 이 사소한 의구심 때문이었다. 지금은 그 청년이 거기 앉아 있다. 이름은 하라스다. 그가 거기서 무슨 일을 하는지는 모른다. 문에는 '하라스 사무실'이라고 적혀 있다. 여기저기 알아보니 나와 비슷한 사업을 한다고 한다. 게다가 미래가 괜찮아 보이는 일을 하는 야심 찬 젊은이기에 대출을 받는 것에 대해 딱히 경고할 필요는 없지만, 그렇다고 지금 당장은 이래저래 자산이 전혀 없어 보이기에 딱히 대출을 받으라고 조언할 필요도 없다고 한다. 아는 게 없을 때 그냥 던지는 통상적인 정보들이다.

간혹 나는 계단에서 하라스를 만난다. 그는 무슨 바쁜 일이 있는지 항상 엄청나게 서두르면서 말 그대로 나를 빠르게 스쳐 지나간다. 나는 아직 그를 제대로 본 적이 없다. 그는 늘 손에 사무실 열쇠를 쥐고 있다가 순식간에 문을 열고, 쥐꼬리처럼 안으로 미끄러져 들어간다. 그러면 나는 그사이 필요 이상으로 자주 읽은 '하라스 사무실' 명패 앞에 우두커니 서 있다.

우리 사이엔 정직한 사람을 배신하고 부정직한 사람을 은폐하는, 참담할 정도로 얇은 벽이 가로놓여 있다. 내 전화기는 나와 이웃을 분리하는 방의 벽에 부착되어 있다. 하지만 나는 이를 그저 유별나게 아이러니한 사실로 강조하고 있을 뿐이다.

전화기가 반대편 벽에 부착되어 있다고 하더라도 옆집에서는 어떤 소리든 다 들릴 것이다. 나는 전화로 고객의 이름을 말하는 습관을 버렸다. 그러나 대화의 특징적인 어법이나 불가피한 전환에서 고객의 이름을 추정하는 데는 당연히 그리 뛰어난 영민함이 필요하지 않다. 가끔 나는 불안한 마음에 수화기를 귀에 대고 발꿈치를 든 채 전화기 주위를 춤을 추듯 빙빙 돌기도 하지만, 그런다고 비밀이 누설되는 것을 막을 수는 없다.

이로 인해 당연히 내 사업 결정은 불안해지고, 내 목소리는 떨린다. 내가 통화를 하는 동안 하라스는 무엇을 할까? 상황을 명확히 한다는 점에서 과장도 좀 필요하다면 나는 이렇게 말하고 싶다. 하라스에게는 전화기가 필요 없다. 그는 내 전화기를 이용한다. 그냥 소파를 벽에 붙여놓고 내 통화 내용을 엿듣기만 하면 된다. 반면에 나는 전화벨이 울리면 바로 전화기로 달려가 고객의 요청에 응답하고, 중대한 결심을 하고, 어떻게든 설득하려고 갖은 애를 쓴다. 이로써 통화를 하는 사이 의도치 않게 이 방의 벽을 통해 하라스에게 보고를 하는 셈이다.

어쩌면 그는 통화가 끝날 때까지 기다리지 않고 어떤 사안의 사정을 충분히 짐작하게 하는 대화가 나오면 바로 자리에서 일어나 평소 습관대로 후다닥 시내로 나가, 내가 수화기를 내려놓기도 전에 어쩌면 내 일을 방해하는 공작을 펼칠지 모른다.

_____ 일상의 혼란

일상의 일은 일상의 혼란을 견뎌내는 것이다. A는 H에 사는 B와 중요한 거래를 체결해야 한다. 그는 사전 상담을 위해 H로 가고, 10분 만에 왕복 여정을 마치고 집에 돌아와서는 이 남다른 속도에 자부심을 느낀다. 다음 날에는 다시 H로 간다. 이번에는 최종 거래를 마무리 짓기 위해서다. 이 일은 보아하니 몇 시간은 걸릴 듯해서 A는 이른 아침에 출발한다. 그런데 적어도 A의 생각에는 모든 주변 상황이 전날과 완전히 동일한데도 이번에는 H까지 가는 데 열 시간이 걸린다. 저녁에 피곤한 채로 그곳에 도착했을 때 B가 자신의 부재에 화가 나서 30분 전에 A의 마을로 출발했고, 두 사람은 원래 도중에 만났어야 했다는 말을 듣는다. 사람들은 A에게 여기서 기다리라고 조언한다. 하지만 A는 혹시 거래가 잘못될까 걱정되어 곧장 출발해서 서둘러 집으로 돌아간다.

이번에는 특별히 주의를 기울이지 않았는데도 순식간에 여정을 마친다. 집에 도착했을 때 B가 무척 일찍 왔다는 말을 듣는다. 그것도 A가 떠난 직후에 말이다. 그러니까 B가 A를 대문에서 만나 거래 건을 상기시켰지만, A가 지금은 시간이 없다며 서둘러 가버렸다는 것이다.

A의 이해할 수 없는 행동에도 불구하고 B는 여기서 A

를 기다리기로 했다. 또한 A가 여태 돌아오지 않았느냐고 자주 물으면서도 여전히 위층 A의 방을 떠나지 않았다. 저간의 사정을 모두 들은 A는 이제 B를 만나 모든 것을 해명할 수 있게 된 것이 기뻐 계단을 뛰어올라 간다. 그런데 거의 꼭대기에 닿았을 때 비틀거리면서 발목을 삔다. 너무 아파 머릿속이 아득해지면서 비명조차 나오지 않는다. 그렇게 어둠 속에서 애처롭게 낑낑대고 있을 때 B가 멀리서인지 아니면 바로 옆에서인지는 몰라도 화가 나서 발을 쿵쿵 굴리며 계단을 내려가는 소리가 들리더니 곧 완전히 눈에서 사라진다.

법의 문제에 관해

    불행히도 우리의 법은 일반에 알려져 있지 않고 우리를 통치하는 소수 귀족 집단의 비밀로 남아 있다. 우리는 이 오래된 법이 엄격하게 준수되고 있다고 확신하지만, 우리 자신이 알지 못하는 법에 의해 다스려지고 있다는 사실은 극도로 괴로운 일이다. 이 문제에서 나는 다양한 해석 가능성을 생각하지 못할 뿐 아니라 전체 국민이 아닌 오직 일부 개인이 법 해석에 참여함으로써 초래되는 불이익도 생각하지 못한다. 이 불이익은 어쩌면 그리 크지 않을지 모른다. 법은 아주 오래되었고, 수 세기에 걸쳐 해석이 이루어졌으며, 그사이 이 해석 자체가 이미 법이 되었다. 해석의 자유는 여전히 존재하지만 매우 제한적이다. 게다가 귀족은 분명 법을 해석할 때 자신의 개인적 이익에는 유리하고 우리에게는 불리하도록 손을 쓸 이유가 없다. 왜냐하면 법은 처음부터 귀족을 위해 제정되었고, 귀족은 법 밖에 있기 때문이다. 바로 이런 이유로 법은 전적으로 귀족의 손에 맡겨진 것처럼 보인다. 당연히 여기에 지혜가 있고, 누가 이 오래된 법의 지혜를 의심할 수 있을까? 하지만 이는 우리에게 고통이기도 하고, 그 고통은 피할 수 없을 듯하다.

    게다가 이 가상의 법은 원래 추측만 가능하다. 법이 존속해왔고 귀족에게 비밀의 형태로 맡겨져 있다는 것은 전통이다. 하지만 그 기나긴 세월을 통해 신빙성이 생긴 오랜 전통 그 이상은 아니고, 이상일 수도 없다. 이 법의 성격은 존속의 비밀 유지도 엄격하게 요구하기 때문이다. 따라서 국민으로서 우리가 아득한 시절부터 귀족의 행동을 면밀히 추적하고, 그에 대한 우리 선조들의 기록을 보유하고, 성실하게 그 기록을 계속 이어나간다면, 또 우리가 그 무수한 사실들에서 이런저런 법 규정을 추론할 수 있는 특정 지침을 알아차렸다고 믿는다면, 그리고 우리가 이 신중하게 걸러지고 정돈된 추론에 따라 현재와 미래를 어느 정도 조정하려고 애쓴다면, 이 모든 것은 지극히 불확실할 뿐 아니라 어쩌면 오성悟性의 놀이에 지나지 않을지도 모른다. 우리가 여기서 추측하는 법은 어디에도 존재하지 않을 수도 있기 때문이다. 실제로 그런 생각에 동의하고, 하나의 법이 있다면 오직 '귀족이 하는 것이 법'이라는 사실을 증명하고자 하는 작은 정당이 있다. 이 정당은 법에서 오로지 귀족의 자의적인 행위만 볼 뿐 대중 전통을 배척한다. 그들의 의견에 따르면 대중 전통은 우연하고 사소한 이익만 가져올 뿐 대부분 심각한 해만 끼친다. 왜냐하면 그 전통은 다가오는 사건들에 대해 국민에게, 경박함으로 이끄는 그릇되고 기만적인 안전성만 제공하기 때문이다. 이러한 해악은 부인할 수 없지만, 대다수 우리 국민은 그 원인을 다른 데서 찾는다. 전통이 아직 한참 모자라고, 그래서 그에 대해 훨씬 더 많은 연구가 이루어져야 하지만 우리 눈에는 아무리 어마어마하게 보이더라도 자료 자체가 아직 너무 적어서 수 세기는 더 지나야 충분할 만큼 축적되리라는 것이다. 현재에 대한 이러한 어두운 전망은 언젠가 전통과 그 연구가 안도의 한숨을 내쉬며 종지부를 찍고, 모든 것이 명확해지고, 법이 이제 국민의 것이 되는 것과 함께 귀족이 사라지는 때가 올 거라는 믿음에 의해서만 밝아진다. 귀족을 증오해서 이렇게 말하는 것이 아니다. 그건 결단코 아니다. 오히려 우리는 우리 자신을 증오한다. 아직 법의 진가를 모르기 때문이다. 바로 이게 어떤 면에서는 매우 매력적이고, 어떤 본래적인 법도 믿지 않는 그 정당이 여전히 그렇게 작은 규모로 남아 있는 이유다. 그 정당도 귀족과 귀족의 존재 이유를 완전히 인정하기 때문이다. 사실 이건 일종의 모순으로만 표현될 수 있다. 즉, 법에 대한 믿음은 물론 귀족도 함께 내치는 정당은 즉시 전 국민적 지지를 얻게 되겠지만, 누구도 귀족을 감히 내칠 수 없기에 그런 정당은 생겨날 수 없다는 것이다. 우리는 이 칼날 위에서 산다. 어느 작가는 언젠가 이를 이렇게 요약했다. 우리에게 부과된 유일하게 눈에 보이고 의심의 여지가 없는 법은 귀족이다. 이 유일한 법을 우리 스스로 박탈할 수 있겠는가?

_____ 도시의 문장

처음에는 바빌론의 탑 건설도 웬만큼 질서 있게 진행되었다. 아니, 어쩌면 질서가 너무 과했을지 모른다. 사람들은 마치 앞으로 수백 년 동안 자유로운 노동의 가능성이 펼쳐져 있기라도 하듯 표지판과 통역사, 노동자 숙소, 연결로 같은 것들에 너무 많은 신경을 썼다. 심지어 당시에는 천천히 건설해도 충분하다는 의견이 만연했다. 이 의견을 너무 과도하게 밀어붙이지는 않더라도 사람들은 기초를 다지는 일조차 머뭇거렸다. 이런 태도에 대한 근거는 다음과 같았다. 이 전체 사업의 본질은 하늘에까지 이르는 탑을 건설하는 것이다. 이 생각 외에 다른 모든 것은 부차적이다. 일단 한번 자리를 잡은 생각은 더 이상 사라지지 않는다. 사람들이 존재하는 한 탑을 끝까지 짓고자 하는 강렬한 소망도 살아남는다. 이런 측면에서 미래를 걱정할 필요가 없어 보인다. 아니, 그 반대다. 미래에 인류의 지식은 증가할 것이다. 건축술도 지금껏 발전해온 것처럼 앞으로 더욱 발전할 것이고, 지금은 완성하는 데 1년이 걸리는 작업도 아마 100년 뒤에는 반년 만에 완성할 수 있을 것이다. 그것도 더 훌륭하고 더 내구성이 뛰어나게 말이다. 그렇다면 굳이 지금 현재, 힘의 한계에 다다를 때까지 수고할 필요가 있을까? 그것은 단지 한 세대

안에 탑을 완성할 수 있으리라는 전망이 보일 때만 의미가 있다. 그러나 그건 어떤 식으로든 기대할 수 없다. 오히려 지식이 완벽의 경지에 이른 다음 세대는 이전 세대의 결과물을 좋지 않게 판단하고, 만들어놓은 것을 헐어버리고 새것을 지을 가능성이 더 높다. 이런 생각이 사람들의 동력을 마비시켰고, 탑 건설보다 노동자 도시를 건설하는 데 더 많은 관심을 쏟게 했다. 이렇게 해서 동향인 집단마다 더 아름다운 숙소를 원했고, 그로써 분쟁이 시작되면서 마침내 피비린내 나는 싸움으로 이어졌다. 이 싸움은 멈추지 않았고, 이는 각 지도자들에게 탑 건설 지연의 또 다른 이유가 되었다. 그러니까 필요한 집중력의 부족으로 탑은 매우 천천히, 혹은 더 바람직하기로는 전체적으로 평화 협정이 체결된 뒤에야 건설되어야 한다는 것이다. 그런데 사람들은 이 시간을 싸움으로만 보낸 것이 아니라, 싸우지 않는 동안에는 도시를 더 아름답게 꾸몄고, 그로 인해 또다시 새로운 질투와 싸움에 불을 지폈다. 이렇게 1세대의 시간이 흘러갔지만, 다음 세대도 다르지 않았다. 다만 기술만 계속 발전함으로써 싸우려는 의지만 더 강해졌다. 게다가 2세대 또는 3세대도 진작 하늘 탑을 쌓는 것이 무의미한 짓이라는 것을 깨달았음에도 이미 서로 너무 깊이 연결되어 있어서 도시를 떠날 수 없었다.

이 도시에서 생겨난 모든 전설과 노래에는 거대한 주먹이 연속해서 다섯 번의 가격으로 이 도시를 완전히 부숴

버릴 거라는 예언의 날에 대한 그리움이 가득하다. 이것
이 도시의 문장에 주먹이 새겨진 이유다.

_____ 비유에 대해

현자의 말은 항상 비유일 뿐이고 일상생활에는 적용할 수 없다고 많은 사람이 불평한다. 우리에게 있는 것은 이 일상 하나뿐이다. 만일 현자가 "저 너머로 가라!"라고 말한다면 그건 실제로 반대편으로 건너가라는 뜻이 아니라 (이는 어쨌든 그 길의 결과가 가치 있을 때만 할 수 있는 일일 것이다), 어떤 전설적인 저 너머를 가리킨다. 즉, 우리가 알지 못하고, 현자 자신도 더는 자세히 설명할 수 없고, 따라서 여기 있는 우리에게는 전혀 도움이 안 되는 피안의 무언가다. 이 모든 비유가 원래 말하고자 하는 바는, 포착할 수 없는 것은 포착할 수 없다는 사실 하나뿐이다. 우리는 그걸 알고 있었다. 그러나 우리가 매일 씨름하는 것은 다른 문제다.

그러자 한 사람이 말했다. "왜 저항하지? 만일 너희가 비유를 따른다면 너희 자신이 비유가 됨으로써 일상의 수고에서 해방될 텐데."

다른 사람이 말했다. "그것도 비유인 것 같은데."

첫 번째 사람이 말했다. "네가 이겼다."

두 번째 사람이 말했다. "안타깝지만 비유 속에서만."

첫 번째 사람이 말했다. "아니, 현실에서. 비유에서는 졌어."

_____ 포세이돈

포세이돈은 작업대에 앉아 계산을 했다. 세상 모든 수역의 관리는 그에게 끝없는 일거리를 안겨주었다. 그는 원하는 만큼 많은 조수를 쓸 수 있었고 실제로 무척 많기도 했지만, 자신의 직무를 매우 중요하게 생각했기에 모든 것을 스스로 다시 한번 철저히 검산했다. 따라서 조수들은 별 도움이 되지 않았다. 우리는 이 일이 그에게 기쁨을 준다고는 말할 수 없다. 사실 그는 이 일이 자신에게 부과되었기에 하는 것뿐이다. 자신의 표현에 따르면 그는 좀 더 즐거운 일을 하게 해달라고 자주 지망했지만, 우리가 이런저런 새로운 일을 제안할 때마다 분명히 드러난 것은 하나였다. 지금까지의 직무만큼 그에게 딱 맞는 일은 없다는 것이다. 무언가 다른 일을 찾는 것도 무척 어려웠다. 예를 들어 그에게 특정한 바다 하나만 배정하는 것은 불가능했다. 여기서도 계산 작업은 줄어들지 않고 오히려 자잘하게 이어질 뿐이라는 사실을 차치하더라도 위대한 포세이돈은 그런 부차적인 직위를 맡을 수가 없었다. 그렇다고 물 밖의 자리를 제안하면 그는 그런 생각만으로도 불쾌해했고, 신성한 호흡은 거칠어졌으며, 청동처럼 단단한 흉곽은 요동을 쳤다. 게다가 사실 그의 고충은 별로 심각하게 받아들여지지도 않았다. 누군가 힘 있는

자가 고통을 호소하면 도저히 가망이 보이지 않는 상황에서도 그의 말을 들어주는 시늉이라도 해야 하지만, 포세이돈을 실제로 면직시켜주려는 이는 아무도 없었다. 그는 태초부터 바다의 신으로 정해졌고, 그렇기에 이대로 유지될 수밖에 없었다.

그를 가장 짜증 나게 했던 것은, 사실 이게 자신의 직무에 대한 불만을 야기한 주원인이기도 한데, 사람들이 그에 대해 갖고 있는 이미지를 들을 때다. 그러니까 인간들은 늘 삼지창을 들고 끊임없이 물살을 헤쳐나가는 모습으로만 그를 상상하고 있었다. 하지만 그는 이 시간에도 여기 세계 대양의 깊은 곳에 앉아 부단히 계산만 하고 있었다. 가끔 목성으로의 여행이 이 단조로운 생활에서 벗어나는 유일한 기회였다. 물론 보통은 역정을 내며 돌아왔지만 말이다. 아무튼 그는 올림포스로 서둘러 올라갈 때 얼핏 본 것만을 제외하고는 바다를 본 적이 거의 없을 뿐 아니라 실제로 바다를 항해한 적은 단 한 번도 없었다. 그런 연유로 그가 입버릇처럼 하는 말이 있다. 기다림 끝에 마침내 세상 멸망의 날이 찾아오면 분명 고요한 순간이 생길 테고, 그러면 종말 직전에 마지막 계산을 확인한 뒤 짧게라도 바다를 한 바퀴 둘러볼 작정이라는 것이다.

____ 독수리

독수리 한 마리가 내 발을 쪼았다. 부츠와 양말은 이미 찢겨나갔고, 이제 내 발 자체가 공격을 받았다. 녀석은 부리로 내 발을 쪼고는 초조하게 내 주변을 날았고, 그런 다음 다시 하던 일을 계속했다. 한 신사가 지나가다가 이를 잠시 지켜보더니 왜 독수리를 그냥 두는지 물었다.

"나는 무방비 상태요." 내가 말했다. "독수리가 와서 쪼기 시작했을 때는 당연히 쫓아내려 했고 심지어 목도 조르려고 해보았으나, 저런 동물은 힘이 아주 센 데다 벌써 내 얼굴로 뛰어오르려고 했소. 그렇다면 차라리 발을 희생하는 게 낫다고 생각했고, 그래서 발이 벌써 저 모양으로 찢어졌소."

"그렇다고 고통을 참고 있다니!" 신사가 말했다. "총 한 방이면 독수리를 처치할 수 있을 텐데!"

"그런가요?" 내가 물었다. "당신이 좀 해주시겠소?"

"얼마든지." 신사가 말했다. "집에 가서 소총을 가져오겠소. 30분 정도는 기다릴 수 있겠습니까?"

"모르겠어요." 나는 이렇게 말하고는 고통으로 뻣뻣하게 굳은 채로 덧붙였다. "제발 어떻게든 꼭 좀 해주십시오."

"알겠소. 서둘러 다녀오겠습니다."

대화가 진행되는 동안 독수리는 조용히 귀를 기울이면서 나와 신사를 번갈아 바라보았다. 이제 녀석은 우리의 대화를 모두 알아들은 것이 분명했다. 녀석은 날아오르더니 충분한 탄력을 받으려고 목을 뒤로 한껏 빼고는 마치 창던지기 선수처럼 부리를 내 입안 깊숙이 박아 넣었다. 나는 뒤로 넘어지면서, 독수리가 내 저 깊은 곳을 채우며 범람하는 피의 웅덩이 속에서 처절하게 익사하는 광경에 해방감을 느꼈다.

_____ 밤중에

　밤에 잠겨 있다. 가끔 깊은 생각을 하려고 고개를 푹 숙인 것처럼 밤에 잠겨 있다. 주변에선 사람들이 자고 있다. 집에서, 견고한 침대에서, 단단한 지붕 아래서, 매트리스와 시트 위에서, 이불 밑에서 몸을 쭉 뻗거나 웅크리고 자고 있는 것은 앙큼한 연기고 순진한 자기기만이다. 실제로 당시에도 그랬고 나중에도 그럴 것처럼 그들은 삭막한 땅에 모여 있었다. 노지에서의 숙영이었다. 헤아릴 수 없이 많은 사람들, 하나의 군대, 하나의 민족이 차가운 땅 위의 차가운 하늘 아래서 예전에 서 있던 곳에 널브러져 있었다. 이마를 팔에 베고, 얼굴을 바닥으로 향한 채 잔잔하게 숨을 쉬면서. 그리고 너는 깨어 있다. 파수꾼들 가운데 하나다. 너는 네 옆의 섶나무 더미에서 불타는 장작을 흔들어 다음 파수꾼을 찾는다. 너는 왜 깨어 있는가? 이르기를, 한 사람은 깨어 있어야 한다. 한 사람은 거기 있어야 한다.

_____ 조타수

"내가 조타수가 아냐?" 나는 소리쳤다. "네가?" 한 건장
하고 시커먼 남자가 이렇게 되묻더니 마치 꿈이라도 쫓으
려는 듯 손으로 눈을 비볐다. 나는 어두운 밤중에 배의 키
를 잡고 있었다. 머리 위에는 등불이 희미하게 타올랐다.
이제 이 남자가 와서 나를 밀어내려고 했다. 내가 비켜주
지 않자 그는 내 가슴에 발을 올리고는 천천히 나를 찍어
눌렀다. 나는 키의 스틱에 매달린 채 넘어졌고, 그 바람에
키가 획 꺾였다. 순간 남자가 얼른 키를 잡아 다시 정상으
로 돌려놓더니 나를 완전히 밀쳐냈다. 나는 곧 정신을 차
리고 승무원실로 이어지는 해치로 달려가 이렇게 소리쳤
다. "승무원! 동지들! 빨리 와! 낯선 자가 나를 조타실에
서 몰아냈어!" 그들이 천천히 배의 계단에서 올라왔다.
흔들리고 지쳤지만 강력해 보이는 형체들이다. "내가 조
타수지?" 내가 물었다. 그들은 고개를 끄덕였지만, 시선
은 오직 낯선 자에게 향해 있었다. 이방인 주위에 반원 형
태로 서 있던 그들은 남자가 명령하듯이 "나를 방해하지
마!" 하고 말하자 정신이 퍼뜩 드는지 내게 고개를 끄덕이
고는 배의 계단을 다시 내려갔다. 무슨 이런 족속이 다 있
을까! 이 인간들도 생각을 할까? 아니면 신발을 질질 끌
면서 그저 무의미하게 이 세상을 지나가는 것뿐일까?

___ 팽이

　한 철학자는 늘 아이들이 노는 곳에서 어슬렁거렸다. 그러다 팽이를 든 소년이 보이면 숨어서 지켜보았고, 팽이가 돌아가자마자 팽이를 잡으려고 얼른 쫓아 나갔다. 아이들이 소리를 지르며 자신들의 장난감에 접근하는 것을 막으려 했지만 소용이 없었다. 그는 팽이가 아직 돌고 있을 때 팽이를 잡으면서 행복해했다. 물론 그것도 한순간이었다. 그 순간이 지나면 팽이를 바닥에 던지고 자리를 떴다. 그러니까 회전하는 팽이 같은 자잘한 것에 대한 인식만으로도 보편적인 것을 인식하는 데 충분하다고 믿은 것이다. 그렇기에 그는 거대 문제들에는 관심이 없었다. 그건 너무 비경제적으로 보였다. 아주 작고 사소한 것들을 실제로 인식한다면 그건 모든 것을 인식한 것이므로 그는 이렇게 빙글빙글 돌아가는 팽이에만 전념했다. 팽이가 돌아갈 준비를 할 때마다 그는 이제 그것이 성공할 거라는 희망을 품었고, 그러다 팽이가 실제로 돌아가면 그 숨 막히는 회전 속에서 희망은 확신이 되었고, 하지만 그러다 그 멍청한 나무토막을 손에 쥐게 되면 기분이 나빠졌고, 지금까지 들리지 않다가 이제 갑자기 귓속으로 파고들기 시작하는 아이들의 고함 소리에 쫓겨 달아났다. 마치 어설픈 채찍질에 돌아가는 팽이처럼 비틀거리면서.

_____ 작은 우화

"아, 세상은 나날이 좁아지고 있어." 쥐가 말했다. "처음엔 두려울 만큼 넓어서 나는 계속 달렸고, 마침내 좌우 저 멀리 벽이 보여 행복해했지만, 기다란 벽들이 너무 빨리 서로를 향해 돌진하면서 나는 벌써 마지막 방에 도착해버렸고, 저기 구석에는 내가 걸리게 될 덫이 놓여 있어."—"달리는 방향만 바꾸면 돼." 고양이가 이렇게 말하며 쥐를 잡아먹었다.

시험

　나는 하인이지만 할 일이 없다. 불안해하면서도 나서지 않고, 남들의 대열에 끼는 법도 없다. 그런데 이건 내가 일하지 않는 한 가지 이유일 뿐이다. 아니, 어쩌면 내가 일하지 않는 것과 아무 상관이 없을지도 모른다. 어쨌든 중요한 건 나는 일을 하라는 부름을 받지 않는다는 것이다. 남들은 부름을 받았고, 그 때문에 나보다 더 자주 지원할 필요가 없었다. 어쩌면 그들은 부름을 받고 싶은 마음이 없었을지 모른다. 반면에 나는 최소한 가끔은 그런 욕구를 강하게 느낀다.

　이렇게 해서 나는 하인 방의 간이침대에 누워 천장의 들보를 올려다보며 잠이 들고, 깨어나고, 또 잠이 든다. 때로는 신 맥주를 파는 술집으로 건너가고, 때로는 역겨움이 일어 맥주잔을 쏟아버리고는 또다시 한 잔을 따라 마시기도 한다. 나는 그 술집에 가는 걸 좋아한다. 닫힌 작은 창문 너머로 누구에게도 들키지 않고 우리 집 창문을 건너다볼 수 있기 때문이다. 거리를 마주한 여기서는 건너편의 많은 것이 보이지는 않는다. 내 생각엔 복도의 창문만 보이는 듯하다. 그것도 주인의 방들로 이어지는 복도가 아니다. 물론 이게 내 착각일 수 있지만, 누군가 언젠가 내가 묻지도 않았는데 그렇게 말한 적이 있었고, 정면에

179

서 본 이 집의 전반적인 인상이 그것을 확인시켜준다. 창문은 드물게만 열리고, 그렇게 열리면 하인이 하나 나타나 난간에 기댄 채 잠시 아래를 내려다본다. 그렇다면 저건 하인이 주인에게 쉽게 들킬 수 있는 복도가 아니다. 더군다나 저 하인은 내가 모르는 사람이다. 늘 위층에서 일하는 하인들은 내 방이 아닌 다른 곳에서 잠을 잔다.

한번은 술집에 갔을 때 내가 항상 앉던 자리에 이미 손님이 앉아 있었다. 나는 누군지 자세히 바라볼 엄두를 내지 못하고 문 쪽으로 즉시 등을 돌려 나가려고 했다. 그때였다. 손님이 나를 소리쳐 불렀다. 그제야 나는 그도 하인임을 알아보았다. 예전에 어디선가 본 적이 있지만 대화를 나눈 적은 없는 사람이었다.

"왜 가려는 거야? 여기 와서 한잔해! 내가 사지." 결국 나는 자리에 앉았다. 그는 내게 몇 가지 질문을 던졌지만, 나는 답할 수가 없었다. 아니, 질문 자체를 이해하지 못했다. 그 때문에 나는 이렇게 말했다. "나를 초대한 걸 이제 후회하는 기분이 들겠군. 그럼 나는 가보겠네." 내가 막 일어나려고 할 때 그가 테이블 너머로 손을 뻗어 나를 눌러 앉혔다. "그냥 앉아 있게. 이건 단지 시험일 뿐이야. 질문에 답하지 않으면 합격한 거야."

귀향

　나는 돌아왔다. 복도를 따라 걸으며 주위를 두리번거린다. 내 아버지의 오래된 농장이다. 가운데에 웅덩이가 있다. 쓸모를 다한 낡은 장비들이 어지럽게 뒤엉켜 다락방 계단을 가로막고 있다. 고양이가 난간에 숨어 있다. 놀이를 할 때 장대에 감았던 천이 찢긴 채 바람에 흩날린다. 나는 도착했다. 누가 나를 맞을까? 부엌문 뒤에는 누가 기다리고 있을까? 굴뚝에서는 연기가 피어오르고, 저녁 식사를 위해 커피 물이 끓는다. 이게 너한테 친숙한가? 네 집에 온 느낌이 드는가? 잘 모르겠다. 확신이 서지 않는다. 여긴 내 아버지의 집이다. 사물 하나하나가 마치 각자 자기 일에 몰두하듯 차갑게 서 있다. 일부는 내가 잊어버렸고, 일부는 결코 알지 못하는 것들이다. 내가 이것들에 무슨 소용이 있을까? 나는 이것들에 무엇일까? 내가 내 아버지인 늙은 농부의 아들이라고 하더라도 말이다. 나는 감히 부엌문을 두드리지 못하고, 멀리서 귀만 기울인다. 들키지 않도록 충분히 떨어져 엿듣기만 한다. 멀리서 엿듣기 때문에 아무 소리도 들리지 않는다. 희미한 시계 종소리만 들린다. 아니, 어린 시절을 건너 그런 소리가 들려오는 듯하다. 부엌에서 무슨 일이 일어나고 있는지는 거기 앉아 있는 사람들만의 비밀이다. 나에게는 누설되어선

안 되는 비밀이다. 문 앞에서 머뭇거리는 시간이 길어질수록 너는 더 낯설어진다. 이제 누군가 문을 열고 나에게 무언가를 물어본다면 어떻게 될까? 그러면 나 스스로 자기만의 비밀을 지키려는 사람과 같지 않을까?

___ 공동체

우리는 다섯 명의 친구다. 예전에 우리는 차례로 집에서 나왔다. 처음에는 하나가 나와 문 옆에 섰다. 이어 두 번째 사람이 문에서 나왔다. 아니, 나왔다기보다 수은 공이 굴러가듯 가볍게 미끄러지더니 첫 번째 사람에게서 멀지 않은 곳에 섰다. 다음엔 세 번째 사람이, 다음엔 네 번째 사람이, 그다음엔 다섯 번째 사람이 나왔다. 마침내 우리는 모두 일렬로 섰다. 사람들이 그런 우리를 주목했고, 우리를 가리키더니 말했다. "다섯 명이 지금 이 집에서 나왔군." 그때부터 우리는 함께 살고 있다. 여섯 번째 사람이 계속 우리에게 끼려고만 하지 않는다면 이대로 평화로운 삶이 될 것 같다. 이 사람은 우리에게 아무 짓도 하지 않지만, 그냥 성가신 존재다. 그것만으로 이미 충분하다. 그는 왜 누구도 받아주지 않는 곳으로 자꾸 들어오려고 하는 것일까? 우리는 그를 모르고, 받아들이고 싶은 마음도 없다. 물론 예전에는 우리 다섯 명도 서로 몰랐고 지금도 안다고 할 수는 없지만, 우리 다섯 명에게는 가능하고 용인되는 것이 여섯 번째 사람에게는 가능하지 않고 용인되지도 않는다. 게다가 우리는 다섯 명이길 원하지, 여섯 명이고 싶지 않다. 이 지속적인 동거에는 대체 어떤 의미가 있을까? 사실 우리 다섯 명에게는 아무 의미가 없지만,

우리는 이미 함께 살고 있고 앞으로도 계속 이대로 살려고 할 뿐 더 이상의 새로운 결합은 원치 않는다. 우리의 경험에 따르면 말이다. 이 모든 걸 어떻게 여섯 번째 사람에게 납득시킬 수 있을까? 긴 설명은 이미 우리 공동체로의 수용을 의미하는 것이나 다름없다. 따라서 우리는 차라리 아무것도 설명하지 않고, 받아들이지 않는 쪽을 택한다. 그가 아무리 입을 삐죽거려도 우리는 팔꿈치로 계속 그를 몰아낼 것이고, 우리가 아무리 내쳐도 그는 계속 올 테지만.

위대한 수영 선수

　위대한 수영 선수! 위대한 수영 선수! 사람들이 소리쳤다. 나는 X에서 열린 올림픽 대회 수영 부문에서 세계 신기록을 세우고 돌아와, 고향 도시(이게 어디에 있는 도시지?)의 기차역 야외 계단에 서 있었다. 나는 황혼 속에서 불분명하게 보이는 군중을 내려다보았다. 내가 살짝 뺨을 어루만졌던 한 소녀가 재빨리 내 목에 장식 띠를 둘러주었는데, 그 위엔 외국어로 '올림픽 우승자'라고 적혀 있었다. 리무진이 내 앞에 와 멈추자 몇몇 신사가 나를 차에 밀어 넣었고, 신사 두 명도 함께 탔다. 시장과 또 다른 남자였다. 우리는 즉시 연회장으로 향했다. 내가 들어가자 2층 객석에서 합창단이 노래를 불렀다. 게다가 수백 명의 손님이 모두 일어나 무슨 금언 같은 말을 박자에 맞춰 외쳐댔다. 뭐라고 하는지는 알아들을 수 없었다. 내 왼쪽에는 장관이 앉아 있었다. 소개할 때 '장관'이라는 말을 듣는 순간 내가 왜 덜컥 겁을 먹었는지는 모른다. 나는 거친 시선으로 그를 훑어보았고, 곧 정신을 차렸다. 오른쪽에는 시장 부인이 앉아 있었다. 몸만 풍만한 것이 아니라 몸에 붙은 모든 것이 풍만한 여성이었다. 특히 가슴 부분이 그랬다. 내가 보기에 가슴에 요란하게 달려 있는 것은 장미와 타조 깃털 같았다. 내 맞은편에는 눈에 띄게 하얀 얼굴의 뚱뚱한 남자가 앉아 있었다. 소개할 때 나는 이 사람의 이름을 흘려들었다. 테이블 위에 팔꿈치를 올려놓아 유난히 자리를 많이 차지하고 있던 그는 우두커니 앞만 바라보고 있었다. 좌우 양쪽에는 금발 미녀가 앉아 있었다. 그들은 쾌활했고, 계속 뭔가 수다를 떨었다. 나는 두 아가씨를 번갈아 바라보았다. 풍부한 조명에도 불구하고 손님들의 얼굴은 선명하게 보이지 않았다. 어쩌면 모든 것이 부산하게 움직이고, 하인들이 돌아다니고, 음식이 날라지고, 손님들이 여기저기서 잔을 치켜들어서 그랬을 수 있고, 어쩌면 모든 것이 오히려 너무 밝아서 그랬을지 모른다. 이 공간에는 무질서한 부분도 있었다. 유일한 무질서라고 할 수 있는데, 몇몇 손님들, 그중에서도 특히 부인들이 테이블을 등지고 앉아 있었다. 그것도 의자 등받이에 등을 기대고 있는 것이 아니라 테이블에 등이 닿을 정도로 말이다. 나는 맞은편 아가씨들에게 이를 지적했다. 그러나 평소엔 그렇게 말이 많던 두 아가씨도 이번에는 말없이 나를 바라보며 살포시 웃기만 했다. 종소리 신호에 따라 하인들이 좌석 열 사이에서 얼어붙은 듯 서자…… 이윽고 내 맞은편의 뚱뚱한 남자가 일어나 연설을 했다. 그런데 이 남자만 왜 이리 슬픈 것일까! 연설 중에 그는 손수건으로 얼굴을 톡톡 두드렸다. 그의 몸피와 홀의 열기, 연설의 수고를 생각하면 충분히 이해할 수 있고, 그냥 넘어가줄 수도 있는 문제였지만, 나는 똑똑히 알아차렸다. 이게 모두 눈물 닦는 것을 숨기려는 술책에 지나지 않음을. 그의 연설이 끝나자 나도 당연히 일어나 연설을 했다. 무언가 말을 해야 한다는 압박감이 있었다. 왜냐하면 여기뿐 아니라 어쩌면 다른 곳에서도 공개적이고 솔직한 설명이 필요한 지점들이 있다고 느꼈기 때문이다. 따라서 나는 다음과 같이 시작했다.

"친애하는 하객 여러분! 고백건대 저는 세계 신기록을 갖고 있습니다. 그런데 어떻게 그런 기록에 도달했는지 물으신다면 저는 만족스러운 대답을 드릴 수 없습니다. 사실 저는 수영을 전혀 못 합니다. 예전부터 배우고 싶었지만 기회가 없었습니다. 그런데도 어떻게 조국이 저를 올림픽에 내보낼 수 있었을까요? 그건 저도 무척 궁금한 부분입니다. 우선, 저는 지금 여기 제 조국에 있지 않고, 많은 노력에도 불구하고 여기서 말하는 내용을 한마디도 알아듣지 못하고 있다는 점을 말씀드려야 할 것 같습니다. 아마 이 말을 들으면서 가장 먼저 착각을 떠올릴 수 있겠지만 여기엔 어떤 착각도 없습니다. 저는 신기록을 세웠고, 저의 고향으로 왔고, 제 이름 역시 여러분이 아는 그대로입니다. 여기까지는 모두 맞습니다. 하지만 여기서부터 더 이상 맞는 것은 없습니다. 저는 제 고향에 있지 않고, 저는 여러분을 모르고 여러분을 이해하지 못합니다. 게다가 정확히는 아니지만 어떤 식으로든 착각의 가능성과 모순되는 또 다른 것이 존재합니다. 제가 여러분을 이해하지 못한다고 해서 문제 될 것은 없고, 여러분이 저를 이해하지 못한다고 해서 문제 될 것도 없어 보인다는 것이지요. 존경하는 이전 연사분의 연설에서 제가 알고 있다고 믿는 것이라고는 그 연설이 정말 한없이 슬프다는 것뿐이지만, 이 앎은 저에게 충분할 뿐 아니라 심지어 너무 많기도 합니다. 제가 여기 도착한 이후 나눈 모든 대화도 비슷합니다. 하지만 이제 저의 세계 기록으로 돌아가시죠."

_____ 부부

사업 상황이 전반적으로 좋지 않아 나는 가끔 사무실에서 시간적 여유가 있을 때면 직접 샘플 가방을 들고 고객을 개인적으로 방문하기도 한다. 그런 연유로 K에게 한번 찾아가야겠다고 마음먹은 지는 이미 오래되었다. 예전엔 지속적으로 사업 관계를 유지해왔지만, 어떤 이유에선지 작년부터 관계가 거의 끊긴 고객이었다. 사실 이런 거래 중단에는 무슨 특별한 사유가 반드시 있었던 건 아니다. 오늘날처럼 불안정한 상황에서는 아주 사소한 계기나 단순한 변덕만으로도 그런 일이 발생할 때가 많고, 반대로 또다시 사소한 계기나 말 한마디로 예전의 관계가 아무 일 없었다는 듯이 복원되기도 한다. 하지만 K 집으로 밀고 들어가려니 마음에 걸리는 것이 없지 않다. 그 사람은 나이가 많은 데다 최근에는 몸도 상당히 좋지 않고, 사업이 그의 손에 달려 있음에도 일일이 사업 문제에 직접 나서는 경우가 거의 없다고 한다. 그런 사람과 상담을 나누려면 일단 그의 집으로 쳐들어가야 하는데, 그런 식의 용무는 되도록 미루고 싶은 게 인지상정이다.

그러다 마침내 나는 어제저녁 6시가 넘어 출발했다. 물론 통상적으로 남의 집을 방문할 시간은 아니지만, 이건 사회적으로 판단할 문제가 아니라 상업적으로 판단할 문제였다. 나는 운이 좋았다. K는 집에 있었다. 전실前室에서 들은 바에 따르면, 그는 막 아내와 함께 산책에서 돌아와 지금은 아들 방에 있다고 했다. 역시 몸이 좋지 않아 침대에 누워 있는 아들이었다. 나두 ㄱ리로 가라는 요청을 받았다. 처음에는 망설였지만, 이 성가신 방문을 되도록 빨리 끝내고 싶은 마음이 커서 코트와 모자, 샘플 가방을 그대로 든 채 어두운 방을 지나 칙칙하게 조명을 밝혀놓은 방으로 인도되었다. 그 방에는 사람이 몇몇 있었다.

내 시선은 본능적으로 중개상을 하는 남자에게로 맨 먼저 향했다. 일부 영역에서 나와 경쟁을 벌이는 너무나 잘 아는 사람이었다. 그렇다면 나보다 먼저 이리로 살금살금 기어든 게 분명했다. 그는 마치 자기가 의사라도 되는 양 편안한 자세로 환자 침대에 바짝 붙어 앉아 있었다. 단추를 풀고 한껏 부풀린 근사한 코트를 입은 모습이 우람해 보였다. 그의 뻔뻔함은 도저히 따라갈 수가 없다. 신열로 뺨이 약간 붉은 환자도 비슷한 것을 느꼈는지 침대에 누운 채로 그를 가끔 흘낏흘낏 쳐다보았다. 이 집의 아들이었다. 나와 비슷한 또래로 더 이상 젊다고 할 수 없는 나이였다. 짧은 수염이 병으로 약간 거칠어져 있었다. 늙은 K는 키가 크고 어깨가 넓었지만 그새 점점 파고드는 질병의 고통으로 인해 놀랄 정도로 수척하고 구부정하고 불안정해 보였는데, 방금 도착했는지 모피 코트를 입은 채로 아들에게 뭐라고 웅얼거리고 있었다. 작고 연약하지만 활력이 돋보이는 그의 아내는, 물론 우리 두 사람에게는 거의 눈길 한번 주지 않고 남편에게만 유독 활력이 넘쳐 보이지만, 남편의 외투를 벗겨주느라 바빴다. 둘의 신장 차이로 인해 약간의 어려움이 있었음에도 결국은 성공해냈다. 아니, 어쩌면 진짜 어려움은 K가 조바심을 내며 계속 안락의자를 갖고 오라고 불안하게 손짓했기 때문인지도 모른다. 아내는 남편의 외투를 벗겨준 뒤에야 재빨리 안락의자를 밀어다주고는 자기 몸뚱이를 거의 다 가릴 것 같은 외투를 들고 밖으로 나갔다.

이제 마침내 나의 시간이 찾아온 듯했다. 아니, 어쩌면 그 시간은 찾아오지 않았고, 어쩌면 여기서는 결코 찾아오지 않을지도 모른다. 하지만 무엇이든 해야 한다면 지금 해야 했다. 내 느낌에 여기서는 사업 상담을 위한 조건이 점점 더 나빠질 것 같았기 때문이다. 그렇다고 이곳에 장시간 진을 치면서 기회를 엿보는 건 내 스타일이 아니었다. 물론 저 중개상은 충분히 그럴 인간처럼 보였지만 말이다. 아무튼 나는 이 남자를 배려해줄 마음이 추호도 없었다. 그래서 K가 아들과 잠깐 이야기를 나누고 싶어 하는 것을 알아차렸지만 별 고민 없이 곧장 내 용건을 설명하기 시작했다. 그런데 안타깝게도 나는 약간 흥분한 상태에서 이야기를 할 때 이리저리 서성이면서 말하는 버릇이 있다. 그런 일은 빨리 일어나는데, 이 병실에서는 평소보다 한층 더 빨리 일어났다. 자기 사무실에서야 이건 꽤 괜찮은 습관일 수 있지만, 남의 집에서는 결례가 될 수도 있다. 게다가 익숙한 담배가 없는지라 나는 나 자신을 통제할 수 없는 상태였다. 뭐, 다들 나쁜 버릇이야 있기 마련이고, 게다가 중개상에 비하면 내 버릇은 충분히 참을 만하다고 생각한다. 예를 들어, 그가 가끔 모자를 무릎 위에 올려둔 채 천천히 이리저리 꼼지락거리다가 예기치 않게 다시 쓰는 것을 보면 어떤 생각이 들까? 그것도 마치 그게 실수였다는 듯 금방 다시 모자를 벗지만, 머리 위에 잠시 쓴 것은 변하지 않는다. 더구나 그런 일은 시차를 두고 꾸준히 반복된다. 이 행동이야말로 정말 결례라고 할 수 있지 않을까! 물론 나는 그런 것에 개의치 않고 계속 서성거리고, 내 일에 완전히 몰두해서 그를 무시하지만, 이런 모자 퍼포먼스에 신경이 곤두서는 사람도 있는 법이다. 그러나 나는 이런 방해에 전혀 개의치 않을 뿐 아니라 누구에게도 신경 쓰지 않는다. 눈앞에서 일어나는 일은 분명히 인지하면서도 내 일이 완전히 끝나지 않았거나, 내 행동을 딱히 저지하는 말이 나오지 않는 한 크게 괘념치 않는다. 예를 들어, 나는 K가 참을성이 별로 없는 사람임을 바로 알아보았다. 그는 소파 팔걸이에 얹어놓은 양손을 이리저리 불편하게 돌렸고, 나를 보는 것이 아니라 무언가를 찾듯 쓸데없이 허공을 탐색했으며, 표정도 마치 내 말이 귀에 한마디도 들어오지 않을 뿐 아니라 어쩌면 내 존재 자체를 전혀 느끼지 못하는 사람처럼 멍해 보였다. 나는 내게 별 희망을 주지 않는 이 병적인 태도를 보았지만, 그럼에도 여전히 내 말을 통해, 나의 유리한 제안을 통해 아직 내게도 기회가 남아 있는 것처럼 계속 말을 이어갔다. 그러면서 누가 요구하지도 않았는데 내가 자청해서 한 이 양보에 스스로 깜짝 놀랐지만, 곧 평정심을 되찾았다. 또한 내가 흘끗 확인한 바로는 중개상이 마침내 모자를 얌전히 내려놓고 가슴에 팔짱을 끼고 있는 것도 내게 어느 정도 만족감을 주었다. 부분적으로 그를 염두에 두고 했던 내 말은 그의 계획에 심각한 타격을 준 것 같았다. 그전까지 내가 그다지 중요하지 않는 사람으로 여기면서 무시하고 있던 그 집 아들이 갑자기 침대에서 몸을 반쯤 일으켜 위협적으로 주먹을 휘두르며 나를 침묵하게 만들지 않았다면 나는 아마 이런 상황을 통해 만들어진 행복감에 젖어 한참을 더 이야기했을 것이다. 아들은 분명 무언가를 더 말하고 무언가를 더 보여주려는 듯했지만 그러기엔 힘이 부쳐 보였다. 처음에 나는 이게 그냥 고열에 의한 착란 현상인 줄 알았는데, 무심결에 늙은 K를 바라보는 순간 아들의 행동이 이해가 되었다.

K는 뜬눈으로 앉아 있었다. 초점 없이 튀어나온 눈은 제대로 기능을 하는지 알 수 없었고, 몸은 마치 누군가 그의 목덜미를 잡고 때리는 것처럼 앞으로 숙인 채 떨고 있었으며, 아랫입술, 더 정확히는 잇몸이 넓게 드러난 아래턱 자체가 통제력을 잃고 축 처져 있었고, 얼굴도 전체적

으로 균형을 잃고 일그러져 있었다. 여전히 숨은 쉬었지만, 힘들어 보였다. 그러다 무언가로부터 해방된 것처럼 안락의자 등받이로 털썩 몸을 기대고는 눈을 감았다. 얼굴 위로는 무언가 엄청나게 노력하는 표정이 스치고 지나갔다. 그러다 그조차 끝이 났다. 나는 그에게로 재빨리 달려가 생기 없이 축 늘어진 차가운 손을 잡았다. 오싹한 느낌이 들었다. 맥박도 더는 뛰지 않았다. 그렇다면 이미 끝났다. 노인이지 않은가! 다만 죽어감이 우리에게 어려움을 가중시키지만 않기를! 이제 어떻게 해야 할까! 가장 서둘러야 할 일은 무엇일까? 나는 도움을 찾아 주위를 두리번거렸다. 아들은 이불을 머리끝까지 뒤집어쓰고 있었는데, 그 밑에서 끝없이 흐느끼는 소리가 들려왔다. 중개상은 개구리처럼 차갑게 요지부동으로 앉아 있었다. K 맞은편에 두 걸음 떨어진 곳이었는데, 이대로 시간이 지나갈 때까지 기다리겠다고 확고하게 결심한 듯했다. 그렇다면 이제 무언가를 할 수 있는 사람은 나밖에 없었다. 가장 어려운 일이었다. 이 집 안주인에게 세상에 일찍이 없었던 견딜 만한 방식으로 이 소식을 전해주는 일이었다. 그때 이미 옆방에서 부지런히 신발을 질질 끌면서 다가오는 소리가 들렸다.

미처 옷을 갈아입을 시간이 없었는지 여전히 외출복을 입은 채로 돌아온 부인은 난로 위에서 따뜻하게 데워놓은 잠옷을 가져와 남편에게 입혀주려고 했다. "그새 잠들었군요." 그녀는 미소를 지으며 말하더니 묵묵히 침묵을 지키고 있던 우리를 보고 고개를 절레절레 흔들었다. 그러고는 천진난만한 사람의 무한한 신뢰감으로, 내가 방금 마지못해 소심하게 잡고 있던 남편의 손을 잡더니 마치 결혼식 놀이를 하듯 손등에 살짝 입을 맞추었다. 그때였다. 우리 나머지 세 사람으로서는 믿을 수 없는 광경이 펼쳐졌다! K가 몸을 움직이면서 크게 하품을 했고, 부인의 도움으로 잠옷을 입고 나서는 몸을 혹사시킬 정도로 너무 오래 산책해서 그렇다는 부인의 타박을 약간은 짜증스러운 듯하면서도 비꼬는 표정으로 견뎌내더니, 이렇게 잠든 것에 대한 원인을 다른 데서 찾으려는 듯 이상하게 무언가 지루한 것이 있었다고 말했다. 그러고는 다른 방으로 옮기는 길에 몸이 차가워질까 걱정이 되어 잠시 침대 위 아들 옆에 누웠다. 부인은 얼른 쿠션 두 개를 가져와 아들 발 옆에 깔아놓고 남편의 머리를 뉘었다. 나는 그전에 이 방에서 일어난 일 말고는 이상한 점을 더는 찾지 못했다. 이제 K는 석간신문을 달라고 하더니 손님에 대한 배려라고는 전혀 없이 신문을 펼쳤고, 읽지는 않고 여기저기 넘기기만 하면서 놀라운 사업가적 통찰력으로 우리의 제안에서 심히 불쾌한 점을 몇 가지 언급했다. 그러면서 자유로운 손으로 계속 경멸적인 동작을 취하고 혀를 차면서 우리의 사업적 태도가 그에게 야기한 고약한 뒷맛을 드러냈다. 중개상은 더 이상 참지 못하고 부적절한 말을 몇 마디 내뱉었다. 심지어 자신의 전반적인 감정으로는 여기서 일어난 일에 대해 모종의 보상이 이루어져야 한다고 느끼는 듯했다. 하지만 이런 태도는 조금도 먹히지 않았다. 나는 이제 재빨리 작별 인사를 고했고, 그러면서 중개상에게 고마운 마음까지 들었다. 그가 없었더라면 이렇게 떠나야겠다는 결심을 하지 못했을 테니까 말이다.

전실에서 나는 K씨 부인을 만났다. 그녀의 불쌍한 모습을 보는 순간 나는 왠지 내 어머니가 떠오른다고 말했다. 그녀가 침묵을 지켰기에 이렇게 덧붙였다. "사람들이야 뭐라고 하든, 내 어머니는 기적을 행할 수 있었습니다. 우리가 망가뜨린 걸 복원하는 능력을 갖추셨죠. 그런 어머니를 나는 어릴 때 잃었습니다." 나는 일부러 과할 정도로 천천히 그리고 또박또박 이야기했다. 이 늙은 부인의 귀가 어두울 거라고 짐작했기 때문이다. 그러나 귀머거리였던 모양이다. 그녀가 뜬금없이 "그래서 내 남편의 상태는요?" 하고 물었기 때문이다. 게다가 몇 마디 작별 인사를 하면서 나는 그녀가 나를 중개상과 혼동했음을 알아차렸다. 그렇지 않았다면 나한테 좀 더 친근하게 대했을 거라고 믿고 싶었던 것이다.

이어 나는 계단을 내려갔다. 아까 올라올 때보다 내려갈 때가 더 힘들었다. 물론 올라가는 길도 결코 쉽지는 않았다. 아, 사업을 위해 길을 나섰다가 실패한 경우가 얼마나 많던가! 그 짐은 계속 짊어지고 가야 한다.

＿＿＿ 출발

나는 내 말을 마구간에서 꺼내라고 명령했다. 하인은 내 말을 알아듣지 못했다. 내가 직접 마구간에 가서 안장을 얹고 말에 올라탔다. 멀리서 나팔 소리가 들렸다. 나는 하인에게 이게 무슨 뜻이냐고 물었다. 그는 아무것도 몰랐고 아무것도 듣지 못했다. 그가 나를 문가에 세워놓고 물었다.

"신사분은 어디로 가시나요?"

"나도 모른다." 내가 말했다. "다만 여기서 떠나고, 또 떠날 뿐이다. 계속해서 여기서 멀어지는 거지. 그게 내 목표에 도달할 수 있는 유일한 방법이다."

"그럼 목표는 알고 계신가요?" 하인이 물었다.

"그럼." 내가 대답했다. "내가 말했잖아. 여기서 떠나는 거라고. 그게 내 목표다."

"길양식도 없이요?"

"필요 없다. 이 여행은 내가 도중에 아무것도 얻지 못하면 굶어죽을 수밖에 없을 만큼 길다. 길양식을 준비해도 그 머나먼 길을 버틸 수가 없다. 다행히 이건 정말 엄청난 여행이다."

___ 포기해!

무척 이른 아침이었다. 거리는 깨끗하고 휑했고, 나는 걸어서 기차역으로 갔다. 탑시계와 내 시계를 비교해보니 생각했던 것보다 훨씬 늦었다는 걸 알았다. 서둘러야 했다. 나는 이 발견의 충격으로 길을 찾는 데 어려움에 빠졌다. 이 도시를 아직 잘 몰랐다. 다행히도 근처에 경찰관이 있었다. 나를 그에게로 달려가 숨찬 목소리로 길을 물었다. 그가 미소를 지으며 말했다.

"나한테서 길을 알아내려고?"

"네." 내가 말했다. "혼자서는 도저히 길을 찾을 수가 없어서요."

"포기해, 포기해." 경찰관은 이렇게 말하더니 몸을 빙그르르 돌렸다. 마치 혼자 숨어서 웃으려는 사람들처럼.

___ 변호인

나에게 변호인이 있는지는 매우 불확실했다. 나는 그에 대해 아무것도 구체적인 것을 알지 못했다. 모든 얼굴이 거부감을 내비쳤고, 나를 향해 오고 내가 복도에서 줄곧 만난 대부분의 사람은 늙고 뚱뚱한 여자들처럼 생겼다. 이 여자들은 온몸을 덮은, 진청색과 흰색 줄무늬의 앞치마를 둘렀고, 배를 문질렀으며, 이따금 이리저리 둔중하게 몸을 돌렸다. 나는 우리가 법원 건물에 있는지조차 알수 없었다. 어떤 것을 보면 그런 것 같지만, 다른 많은 것을 보면 그렇지 않았다. 이 모든 세세한 것들을 넘어 여기가 법원임을 가장 강력하게 떠올리게 하는 것은 바로 멀리서 끊임없이 들려오는 웅웅거림이었다. 어느 방향에서 오는지는 말할 수 없었지만, 온 공간을 가득 채우고 있는 것으로 봐서 이게 사방에서 오고 있거나 아니면 좀 더 정확하게는 우연히 서 있는 바로 그곳이 이 웅·웅거림의 진원지라고 믿게 된다. 그러나 이건 착각이다. 소리는 분명 멀리서 들려왔기 때문이다. 단순한 아치형의 천장과 장식이 별로 없는 높은 문들이 있고 완만하게 휘어지는 이 복도들은 심지어 깊은 침묵을 위해 만들어진 것처럼 보였다. 이건 박물관이나 도서관의 복도였다. 여기가 법원이 아니라면 나는 왜 여기서 변호인을 찾는 것일까? 왜냐하면 나는 곳곳에서 변호인을 찾고 있기 때문이다. 변호인은 어디서나 필요하다. 법정보다 더 필요한 곳은 오히려 다른 곳들이다. 그 이유는 법원이 법에 따라 판결을 내리는 곳이라 믿기 때문이다. 만일 법정에서 일이 부당하고 경솔하게 진행된다고 믿는다면 삶은 불가능할 것이다. 법원에 신뢰를 가져야 한다. 여기서 법의 위엄을 위한 여지가 생겨난다. 그게 법의 유일한 임무기 때문이다. 그런데 법 자체는 고소와 변호, 판결이 전부다. 여기서 한 인간의 독자적인 개입은 범죄일 것이다. 반면에 판결의 요건으로 눈을 돌리면 상황은 다르다. 이 요건은 조사를 기반으로 한다. 이곳과 저곳, 친척과 낯선 타인 들, 친구와 적, 가족과 일반 대중, 도시와 마을, 한마디로 모든 곳에서 조사를 한다. 여기서는 변호인이 절실하게 필요하다. 그것도 다수의 변호인, 최고의 변호인, 서로 다닥다닥 붙은 변호인이 필요하다. 이들은 일종의 인간 벽이다. 변호인들은 그 본성상 움직이기가 쉽지 않기 때문이다. 반면에 고소인들, 그러니까 저 교활한 여우와 저 민첩한 족제비, 저 눈에 보이지 않는 생쥐 같은 것들은 아주 조그마한 구멍만 있어도 미끄러져 들어가고, 변호인들의 가랑이 사이로 후딱 빠져나간다. 그러니 조심해야 한다! 내가 여기서 변호인들을 모으는 것도 그 때문이다. 그러나 아직 한 사람도 찾지 못했고, 늙은 여자들만 줄곧 오갈 뿐이다. 만일 내가 계속 찾는 중이 아니라면 잠이 들었을지 모른다. 나는 올바른 장소에 있지 않다. 안타깝게도 나는 올바른 장소에 있지 않다는 느낌을 지울 수 없다. 내가 있을 곳은 다양한 사람들이 모인 장소다. 다양한 지방, 다양한 계층, 다양한 직군, 다양한 연령대의 사람들이 모이는 곳이어야 한다. 이 군중 속에서 유능하고 친절한 사람들, 나를 눈여겨보는 사람들을 신중하게 고를 가능성이 내게 주어져야 한다. 그러기엔 아마 대규모 박람회가 가장 좋을 듯하다. 하지만 나는 지금 이 늙은 여자들만 보이는 복도를 서성이고 있다. 게다가 많지도 않고 항상 똑같은 여자들이다. 심지어 이 몇 안 되는 여자들조차 느린 움직임에도 불구하고 걸음을 멈추지 않고 내게서 멀어져가고, 미지의 일에 푹 빠져 비구름처럼 지나쳐간다. 왜 나는 무작정 어느 집으로 달려와 문 위의 이름도 확인하지 않고, 지금 여기 복도에 있는 것일까? 언젠가 이 집 앞에 있었고, 언젠가 이 계단을 올라갔는지 기억조차 나지 않는데도 왜 이토록 완강하게 여기에 집착하는 것일까? 그러나 이제는 돌아갈 수 없다. 이 시간 낭비와 잘못 들어선 길을 인정하는 것은 참을 수 없다. 초조하게 응응거리는 소리를 동반한 이 짧고 급한 인생에서 계단을 뛰어 내려가라고? 그건 불가능하다. 너에게 할당된 시간은 1초라도 잃으면 이미 온 인생을 잃을 정도로 짧다. 인생은 길지 않다. 항상 네가 잃어버린 시간만큼만 길 뿐이다. 그러하기에 길을 시작했다면 어떤 상황에서도 계속 가라. 그래야 승리할 수 있다. 위험도 없다. 어쩌면 마지막에는 추락할지 모른다. 하지만 처음 몇 걸음 후에 바로 돌아서서 계단을 뛰어 내려갔다면 시작 지점에서 바로 추락했을 것이나. 어쩌면 그랬을지가 아니라 반드시 그랬을 것이다. 그러니 여기 복도에서 아무것도 찾지 못한다면 복도에 딸린 문들을 열어라. 그 문들 뒤에서 아무것도 찾지 못한다면 다음 층이 있다. 거기 위에서 아무것도 찾지 못한다면, 그래, 그것도 위기가 아니니 또다시 계단을 올라가라. 네가 올라가는 것을 멈추지 않는 한 계단도 멈추지 않고, 너의 발아래에서는 계단이 계속 생겨날 것이다.

옮긴이의 말

나는 문학으로 이루어져 있다. ― 프란츠 카프카

문학을 한다는 사람치고 어느 누가 문학을 진심으로 소중하게 여기지 않겠느냐마는 문학이 자신의 본질이자 전부라고 말하는 이는 몇이나 될까? 카프카는 지상에 길지 않은 시간 동안 머물면서 현대인의 불안과 소외에 처절히 맞서 싸우고, 문학 속에서 부조리한 현실을 견디며 삶의 의미를 찾고자 했다. 그러나 문학의 길은 험난했다. 어느 작품 하나 그의 마음에 오롯이 드는 것은 없었고, 심지어 출간되지 않은 유고는 모두 없애주기를 바랐다. 그런 고뇌는 자신의 창작물을 자식에 비유한 작품으로도 읽을 수 있는 〈열한 명의 아들〉에서도 잘 나타난다. 그는 아들들의 장점을 하나하나 거론하면서도 죄다 못마땅해한다. 한편으로는 똑똑하고 사랑스럽고 생각이 깊고 아름답고 매력적이고 진지하고 섬세하다고 추켜세우지만, 다른 한편으로는 좁은 사고 틀에 갇혀 있거나 위선적이거나 경박하거나 순진하거나 자족적이거나 기만적이라고 깎아내린다. 다만 세상이 진가를 몰라주는 일곱째만 자신의 진정한 아들로 여기면서 자신의 대를 이어주기를 바란다(실제 그런 아들이 있다면 어떤 작품일지 퍽 궁금하다).

1883년 오스트리아-힝가리 이중 제국Empire of Austria-Hungary의 체코 프라하에서 독일어를 쓰는 유대인 중산층 가정의 장남으로 태어난 프란츠 카프카의 삶은 배척과 소외라는 큰 틀로 묶을 수 있다. 몸은 유대계 체코인이지만 정신적으로는 독일인이던 그는 그런 독일적 성향으로 체코인들에게 배척당했고, 제국 시민인 오스트리아인들에게는 변방의 보헤미아인이라고 무시당했으며, 독일인들에게는 유대인이라는 이유로 기피 대상이 되었고, 가정에서는 아버지의 권위에 눌려 살았고, 기독교인들에게는 유대교도라는 이유로, 유대인에게는 무신론자라는 이유로 외면받았고, 작가로서는 일반 대중으로부터 소외되었다. 결국 카프카는 유대인이라기에는 너무나 독일적이고, 독일인이라기엔 너무나 보헤미아적이고, 보헤미아인이라기에는 너무나 유대적인, 경계를 넘나드는 존재였다. 그럼에도 그를 독일 작가로 분류하는 것은 독일 문학과 사상, 문화에 뿌리를 두고 독일어로 작품을 썼기 때문이다.

아버지는 아들을 프라하의 상류층에 입성시키기 위해

독일계 김나지움Gymnasium에 보냈다. 여기서 카프카는 독일 철학과 사회주의, 무신론을 접했다. 문학 작품에 탐 닉한 것도 이때였다. 그는 1901년 프라하의 독일계 대학 인 카를 페르디난트Karl Ferdinand 대학에 입학했다. 처음에 는 화학을 공부했지만, 그게 자신의 길이 아님을 깨닫고 곧 인문 쪽으로 방향을 틀려고 했다. 그러나 아버지의 뜻 에 따라 결국 법학을 전공할 수밖에 없었다. 대학 시절, 카 프카는 그의 문학 여정에서 빼놓을 수 없는 중요한 사람 을 만났다. 막스 브로트였다. 카프카의 작품을 출간하고 알리는 데 누구보다 열심이었을 뿐 아니라 카프카 사후에 는 유고를 직접 정리하고 출판하는 일에 앞장섰던 예술 후원자였다.

1906년 카프카는 법학 박사 학위를 받은 뒤 프라하 민 사법원과 형사법원에서 1년간 법률 시보로 일했다. 이후 보험회사로 직장을 옮겨 시간제로 9개월 가까이 근무했 다. 간신히 생계만 유지할 정도로 돈을 벌었지만, 대신 소 명과도 같은 글쓰기의 시간을 얻었다. 그러다 1908년 프 라하 소재 보헤미아 왕국 노동자 재해 보험 공사에 관료 로 취직했고, 1922년 7월 퇴직 때까지 14년 동안 근무하면 서 관료 기구의 문제점과 노동자의 위험하고도 열악한 환 경, 자본주의의 냉혹함, 그 체제하에서 필연적으로 발생 할 수밖에 없는 개인의 소외를 절감했다. 직장에서 카프 카의 평판은 좋았다. 늘 직무에 충실했으며 지적이고 친절한 사람이었다. 그러나 시민사회에 뿌리를 내린 성실한 삶은 그와 맞지 않았다. "꿈과도 같은 내적 삶"에서 벗어나는 것은 모두 부차적인 일일 뿐이었다. 그는 문학을 자신의 삶에서 유일한 의미이자 탈출구로 여겼다.

카프카의 여성 관계는 모순적이었다. 어떤 때는 여성에게 매력을 느끼고 적극적으로 다가가지만, 어떤 때는 방어적인 태도를 보이며 달아났다. 펠리체 바우어와는 두 번 약혼하고 파혼하기를 반복했고, 율리에 보리체크Julie Woryzek와는 약혼을 발표하지만 취소했으며, 유부녀인 밀레나 예젠스카Milena Jesenska에게는 섣불리 사랑을 고백했다가 거절당했고, 열다섯 살 연하의 마지막 연인 도라 디아만트Dora Diamant와는 처음으로 안정적이고 평화로운 관계를 가졌지만 이른 죽음으로 짧은 사랑에 그치고 말았다. 아마 작가라면 수도원에 갇힌 듯 외롭게 글을 써야 한다는 강박과 가정에 헌신하는 것에 대한 두려움이 있었을지 모른다.

1917년 카프카는 폐결핵 진단을 받고 시골에서 요양을 하며 여생을 보낼 계획을 세우지만, 직장에서 연금 신청을 거부하면서 계획은 무산되었다. 나중에는 불면과 신경쇠약 증세까지 겹치면서 1922년에 직장을 그만두었다. 그 뒤 디아만트와 단둘이 살 생각으로 베를린으로 이주하지만 병세가 급격히 악화되어 다시 부모의 집으로 돌아갔다. 이후로도 병은 호전될 기미를 보이지 않았고, 오히려

결핵균이 후두부에까지 전이되어 먹지도 말하지도 못하는 상태에 이르렀다. 그러다 결국 1924년 6월, 호프만 요양소Dr.Hoffmann's Sanatorium에서 마흔 살의 나이로 짧은 생을 마감했다.

이 책에는 생전에 출간된 작품들을 비롯해 유고 형태로 남은 단편과 초단편이 총 55편 실려 있다. 사후에 폐기해 달라는 카프카의 유언을 지키지 않은 그의 평생지기 막스 브로트 덕분에 살아남은 유고들이다. 이 작품들을 쫓아가다 보면 마치 곳곳에 숨겨놓은 비밀을 찾으라고 유혹하는 듯하다. 카프카답다고 해야 할까? 마치 수수께끼를 찾아 미로를 헤매는 느낌이다. 어떤 때는 이야기의 맥락을 몰라 당혹스럽기도 하고, 어떤 때는 촌철살인 같은 비유에 감탄하기도 하고, 또 어떤 때는 기괴한 상황에 경악하기도 한다. 어쩌면 카프카 장편소설의 축소판 같고, 어쩌면 장편에서는 느낄 수 없는 단편만의 묘미가 전해지는 듯하다.

다루는 주제는 각각 다르지만 비슷한 주제로 묶을 수 있는 작품들도 꽤 있다. 예를 들어 만인에게 평등해야 한다고 믿지만 일반인에게는 한없이 높기만 한 법의 문 앞에서 평생을 기다리다가 결국은 입장하지 못하는 시골 남자 이야기를 다룬 〈법 앞에서〉, 자신의 기소 이유는 물론이고 항변 기회조차 잡지 못한 채 상관의 일방적 판결 내용을 몸에 바늘로 새겨야 하는 가련한 병사와 형벌 집행자인 장교 이야기를 통해 전근대적 폭력성과 근대적 합리성 사이의 모순을 그린 〈유형지에서〉, 법이란 오직 그것을 만든 귀족의 것이기에 법을 모르는 무지렁이 백성은 귀족의 지배를 받을 수밖에 없다는 〈법의 문제에 관해〉, 관료주의적 장애물로 비유되는 구중궁궐의 수많은 방들로 인해 황제의 말이 일반에까지 전달되지 못한다는 〈황제의 메시지〉, 저마다 전문적 식견을 갖추고 각자 방식대로 성실히 일하는 엔지니어에 비해 하는 일 없이 거들먹거리면서 광부들을 무시하기만 하는 행정 관료를 비판하는 〈탄광 방문〉, 변호사 사무실에 새로 들어온, 알렉산드로스 대왕의 군마를 연상시키는 변호사를 통해 이제는 방향타가 없는 혼란스러운 세상에서 오직 법만 조용히 연구하는 세상으로 바뀌었다는 〈새 변호사〉, 이 모든 작품은 세상의 기준이 되어버린 법과 원래의 기능을 상실하고 오직 사람들 위에 군림하는 행정 위주의 관료주의를 꼬집는다.

반면에 카프카 자신의 이야기를 들려주는 작품도 다수 존재한다. 앞서 언급한 〈열한 명의 아들〉 외에 예컨대 〈독신자의 불행〉은 믿고 의지할 가정이 없는 독신자의 고독을 이야기한다. 카프카의 작품에 자주 등장하는 주제다. 《소송Der Prozeß》의 요제프 K가 그랬고 《변신Die Verwandlug》의 그레고르 잠자가 그랬다. 카프카의 실제 삶도 마찬가지다. 그에게 작가의 삶과 가장으로서의 삶은 양립할 수 없었다. 아늑함과 보살핌이 있는 가정을 기웃

거리고 "남의 집 아이들을 보고 감탄"하기는 하지만 자신은 결국 지금이든 나중이든 독신자로 남게 되리라고 예감한다. 마지막 구절에서 손으로 이마를 때리는 것은 그에 대한 깨달음의 표현이다. 〈잡종〉에서는 고양이와 양의 속성을 가진 이상한 동물의 비유를 통해 부모에게서 물려받은 기묘한 양면성을 이야기한다. 두 속성은 그에게 이르러 "제대로 성장"하고 사람들에게 기쁨을 선사하지만, 다른 한편으로는 혼란과 죽음의 동경을 안겨준다.

그 밖에 〈작은 우화〉에서는 세상에 처음 태어났을 때는 한없이 넓게 느껴지던 세상이 살아가면서 점점 좁아지다가 결국은 죽음이라는 덫을 향해 속절없이 달려가는 인간 삶의 한계와 그 방향을 바꿀 수 없는 실존적 운명을 쥐와 고양이에 빗대어 이야기하고, 〈시골길 위의 아이들〉에서는 카프카 문학에선 드물게 즐겁게 뛰노는 아이들과 자연에서의 흥겨운 분위기가 묘사되지만 남들과 천성적으로 다른 화자는 결국 마을과 아이들을 떠나 잠들지 않는 바보들의 나라로 달려간다.

또한 바벨탑의 건설을 다룬 〈도시의 문장〉은 카프카 문학에서 자주 등장하는 좌절을 다룬다. 사람들은 하늘까지 이르는 탑을 만들려고 하지만, 후대로 가면 기술 발전과 함께 훨씬 더 빠르고 훌륭하게 탑을 건축할 수 있을 거라는 믿음으로 계획을 차일피일 미루며 오히려 탑을 지을 사람들이 살아갈 곳을 더 안락하게 만드는 일에 치중하고, 그로써 각 지역에서 온 사람들끼리 더 나은 집을 얻기 위해 싸우다가 결국 본래적인 목표인 바벨탑 건설은 물 건너간다. 성경에 따르면 바벨탑을 건설하려는 인간의 오만함을 신이 언어의 혼란으로 벌을 내렸다고 하지만, 실은 그런 탑의 건설 과정에서 인간들끼리 화합하지 못하고 끝없이 싸우는 상황 자체가 이미 신의 벌이 아닐까?

나머지 작품들도 하나하나 독특하거니와 번역 과정에서 들었던 인상을 일일이 기록하고 싶을 정도로 매력적이지만, 개별 작품에 대한 감상은 독자들의 몫으로 남기는 게 옳다. 아무튼 오늘날까지도 수수께끼가 명확히 밝혀지지 않은 카프카의 작품들은 20세기 현대 문학이 인류에게 남긴 소중한 유산이다. 여기 실린 단편 및 초단편 들 역시 완벽하게 해석될 수는 없지만 여전히 도발적이고 마음을 헤집는다는 면에서 사후 100년이 지나도 식지 않는 카프카의 화제성과 퇴색하지 않는 선구적 문학성을 보여준다.

박종대

작품 출처

시골길 위의 아이들 Kinder auf der Landstraße
____ 1903년에 집필, 프라하에서 발간된 잡지 《보헤미아Bohemia》에 처음 발표됨. 소설집 《관찰Betrachtung》(1912년 12월 25일, 로볼트Rowohlt 출판사)에 수록됨.

어설픈 사기꾼의 가면을 벗기다 Entlarvung eines Bauernfängers
____ 《관찰》에 수록됨.

갑작스런 산책 Der plötzliche Spaziergang
____ 《관찰》에 수록됨.

결심Entschlüsse
____ 1912년 2월 5일자 카프카의 일기에서 발견됨. 《관찰》에 수록됨.

산 소풍 Der Ausflug ins Gebirge
____ 《관찰》에 수록됨.

독신자의 불행 Das Unglück des Junggesellen
____ 《관찰》에 수록됨.

상인Der Kaufmann
____ 《관찰》에 수록됨.

멍하니 창밖을 내다보다 Zerstreutes Hinausschauen
____ 《관찰》에 수록됨.

집으로 가는 길 Der Nachhauseweg
____ 《관찰》에 수록됨.

달려서 지나가는 자들 Die Vorüberlaufenden
____ 1907년에 집필, 잡지 《히페리온Hyperion》과 《보헤미아》에 처음 발표됨. 《관찰》에 수록됨.

승객Der Fahrgast

____ 《관찰》에 수록됨.

드레스Kleider

____ 《관찰》에 수록될

거절Die Abweisung

____ 《관찰》에 수록됨.

경마 기수騎手에 대한 성찰 Zum Nachdenken für Herrenreiter

____ 《관찰》에 수록됨.

골목 창 Das Gassenfenster

____ 《관찰》에 수록됨.

인디언이 되고픈 소망 Wunsch, Indianer zu werden

____ 《관찰》에 수록됨.

나무들Die Bäume

____ 1903년에서 1904년까지 소설 〈어느 투쟁의 기록Beschreibung eines Kampfes〉의 일부로 집필. 《관찰》에 수록됨.

불행하다는 것 Unglücklichsein

____ 《관찰》에 수록됨.

유형지에서In der Strafkolonie

____ 1914년 10월에 집필. 1919년 쿠르트 볼프Kurt Wolff 출판사에서 독립 출판으로 출간됨.

새 변호사 Der neue Advokat

____ 1920년 소설집 《시골 의사Ein Landarzt》(쿠르트 볼프 출판사)에 수록됨.

서커스 관객석에서 Auf der Galerie

____ 《시골 의사》에 수록됨.

한 장의 고문서 Ein altes Blatt

____ 《시골 의사》에 수록됨.

법 앞에서Vor dem Gesetz

___ 1915년 잡지 《자기방어Selbstwehr》에 처음 발표되었는데, 《소송Der Prozess》의 '대성당' 장에도 실림. 《시골 의사》에 수록됨.

자칼과 아랍인Schakale und Araber

___ 1917년 잡지 《유대인Der Jude》에 발표됨. 《시골 의사》에 수록됨.

탄광 방문Ein Besuch im Bergwerk

___ 《시골 의사》에 수록됨.

이웃 마을Das nächste Dorf

___ 《시골 의사》에 수록됨.

황제의 메시지Eine kaiserliche Botschaft

___ 1919년 9월 24일 잡지 《자기방어》에 발표되었는데, 단편소설 〈만리장성의 축조Beim Bau der chinesischen Mauer〉의 일부이기도 함. 《시골 의사》에 수록됨.

가장의 걱정Die Sorge des Hausvaters

___ 《시골 의사》에 수록됨.

열한 명의 아들Elf Söhne

___ 1916년에 집필. 《시골 의사》에 수록됨.

형제 살인Ein Brudermord

___ 1917년에는 〈살인Der Mord〉이라는 제목이 붙었으며, 《시골 의사》에 수록됨.

꿈Ein Traum

___ 《시골 의사》에 수록됨.

양동이를 타는 남자Der Kübelreiter

___ 1917년에 썼고, 《시골 의사》의 일부로 계획됨. 1921년 《프라거 프레세》지의 크리스마스 특별 부록에 발표됨.

첫 슬픔Erstes Leid

___ 1924년 소설집 《단식 광대Ein Hungerkünstler》에 수록됨.

다리Die Brücke
_____ 1916년에서 1917년에 집필. 유고에서 발견됨.

농장 문을 내리치다 Der Schlag ans Hoftor
_____ 1917년 4월에 집필. 유고에서 발견됨.

잡종Eine Kreuzung
_____ 1917년에 집필. 유고에서 발견됨.

옆집 남자 Der Nachbar
_____ 1917년에 집필. 유고에서 발견됨.

일상의 혼란 Eine alltägliche Verwirrung
_____ 1917년에 집필. 유고에서 발견됨.

법의 문제에 관해 Zur Frage der Gesetze
_____ 1920년에 집필. 유고에서 발견됨.

도시의 문장 Das Stadtwappen
_____ 1920년에 집필. 유고에서 발견됨.

비유에 대해 Von den Gleichnissen
_____ 1922년에 집필. 유고에서 발견됨.

포세이돈Poseidon
_____ 1920년에 집필. 유고에서 발견됨.

독수리Der Geier
_____ 1920년에 집필. 유고에서 발견됨.

밤중에Nachts
_____ 1920년에 집필. 유고에서 발견됨.

조타수Der Steuermann
_____ 1920년에 집필. 유고에서 발견됨.

팽이Der Kreisel
_____ 1920년에 집필. 유고에서 발견됨.

작은 우화 Kleine Fabel

____ 1920년에 집필. 유고에서 발견됨.

시험Die Prüfung

____ 1920년에 집필. 유고에서 발견됨.

귀향Heimkehr

____ 1920년에 집필. 유고에서 발견됨.

공동체Gemeinschaft

____ 1920년에 집필. 유고에서 발견됨.

위대한 수영 선수 Der große Schwimmer

____ 1920년에 집필. 유고에서 발견됨.

부부Das Ehepaar

____ 1922년에 집필. 유고에서 발견됨.

출발Der Aufbruch

____ 1922년에 집필. 유고에서 발견됨.

포기해!Gib's auf!

____ 1922년에 집필. 유고에서 발견됨.

변호인Fürsprecher

____ 1922년에 집필. 유고에서 발견됨.

옮긴이 | **박종대**

성균관대학교 독어독문학과와 동 대학원을 졸업하고 독일 쾰른에서 문학과 철학을 공부했다. 사람이건 사건이건 겉으로 드러난 것보다 이면에 관심이 많고, 환경을 위해 어디까지 현실적인 욕망을 포기할 수 있는지, 그리고 어떻게 사는 것이 진정 자신을 위하는 길인지 고민하는 제대로 된 이기주의자가 꿈이다. 움베르토 에코의 《미친 세상을 이해하는 척하는 방법》, 리하르트 다비트 프레히트의 《세상을 알라》《너 자신을 알라》《사냥꾼, 목동, 비평가》《의무란 무엇인가》《인공 지능의 시대, 인생의 의미》를 포함하여 《늑대의 시간》《특성 없는 남자》《데미안》《수레바퀴 아래서》 등 150권이 넘는 책을 번역했다.

우연한 불행

초판 1쇄 발행 2024년 5월 22일
초판 4쇄 발행 2024년 7월 18일

지은이 프란츠 카프카
옮긴이 박종대
펴낸이 최순영

출판2 본부장 박태근
스토리 독자 팀장 김소연
편집 곽선희
디자인 이세호

펴낸곳 ㈜위즈덤하우스   **출판등록** 2000년 5월 23일 제13-1071호
주소 서울특별시 마포구 양화로 19 합정오피스빌딩 17층
전화 02) 2179-5600   **홈페이지** www.wisdomhouse.co.kr

ISBN 979-11-7171-203-8 03850

· 이 책의 전부 또는 일부 내용을 재사용하려면 반드시 사전에 저작권자와 ㈜위즈덤하우스의 동의를 받아야 합니다.
· 인쇄·제작 및 유통상의 파본 도서는 구입하신 서점에서 바꿔드립니다.
· 책값은 뒤표지에 있습니다.